Né en 1973, Erwann Créac'h est vétérinaire de formation, mais il se réoriente vers le théâtre où il devient comédien, auteur et metteur en scène. Il vit à Paris.

Erwann Créac'h

CARNIVORES DOMESTIQUES

Dix-huit linogravures d'OlivSteen

Édite

TEXTE INTÉGRAL

ISBN 978-2-7578-3052-9
(ISBN 978-2-846-08294-5, 1re publication)

Les personnages et les situations de ce récit sont le fruit d'une imagination singulière. Toute ressemblance avec des personnes ou des situations existantes ou ayant existé ne saurait être que fortuite.

Introduction

Ce sera le milieu de la nuit. La porte s'ouvrira et ils commenceront à parler. Là, dans l'entrée. Sans préambule, présentation, ni formule de politesse. Les mots seront déjà sortis d'eux, des mots qui m'attendaient, et qui ne s'arrêteront plus.

Je les écouterai, tout en sortant mes instruments. En observant le décor et peut-être le chien, le chat ou le furet planqué sous la commode. Je scruterai leur monde étrange et singulier, cet appartement somptueux ou cette bicoque un peu penchée, ce loft rectiligne, ce château baroque où ils m'auront fait entrer.

Ils feront de grands gestes. Ne répondront pas à mes questions. Ils essayeront d'y répondre, oui ils essayeront, mais ce sera plus fort qu'eux, ils se perdront en chemin. Et tout le reste viendra s'étaler là : la tante, le cancer, le fils qui ne répond pas, une séparation, un week-end dans le Perche, la fenêtre ouverte, des comprimés oubliés sur la table… Leurs histoires, leurs vies en désordre. Ils croient parler de la maladie du chien, du chat ou du lapin nain, mais c'est d'eux qu'ils parlent bien sûr. De leurs plaies, de leurs bosses, de leurs fractures et de leurs contusions. Ils déballent tout ça, chargé de panique, de larmes et d'angoisses.

Calme et attentif, je les écouterai. Je guetterai chaque information utile, chaque indice. J'aurai mon stéthoscope autour du cou, et je ferai les gestes d'un examen professionnel consciencieux. Sans un flottement de regard, sans une hésitation. Sans le moindre doute visible. Je le connais bien ce rôle-là, je le joue à la perfection. Tout sera parfaitement clair : l'origine de ce spasme, de cette plainte, la cause de cet air triste, de cette posture inhabituelle, la raison de ce silence ou de cette masse au milieu de l'abdomen. J'aurai l'air de tout savoir de leurs états d'âme, tout de leurs petites histoires et de ces symptômes qui ne disent presque rien. « Ah s'il pouvait parler… » À un moment, ils diront ça, sans doute, parlant de l'animal. Il faudra qu'ils le disent. Peut-être pour se justifier de trop parler. Heureusement, les vétérinaires, c'est leur métier, de deviner, de savoir. Donc je saurai. Et même si je ne sais que mon ignorance, ce sera pareil. Ils ne verront rien. Ils parleront encore. Je ferai quelques injections. Peut-être un petit calmant, en plus. Déjà, ça ira mieux. *Je vous en fais un aussi ?* Je ferai la blague. On rira ensemble. Ça ira encore mieux.

Souvent j'oublierai ce lapin, ou ce chien, je ne verrai plus qu'eux, leur vie et leurs histoires. Je me rappellerai la nuit qui les attend, et je penserai à eux, seulement à eux, et je leur parlerai. Je leur dirai que ça va aller, que ce n'est pas méchant, je dirai qu'ils ont bien fait d'appeler. Ou qu'il était temps, qu'il valait mieux ne pas attendre demain. Peut-être que ça ne sera qu'un petit rien du tout. Ou peut-être que je devrai leur annoncer le pire. Le pire… Ils se tairont un peu, peut-être, mais ce silence ne durera pas. Leur réaction ne sera jamais la même. Même avec l'habitude, je serai souvent surpris, un peu décontenancé. Comme s'ils devenaient autres. Ou au contraire un peu plus eux-mêmes.

Voilà ce qui se passera, voilà ce que je dirai. Le plus important, nous n'en parlerons pas. Ou si rarement. Nous ne dirons rien, mais j'y penserai. Cela me sautera encore aux yeux… Qu'ils vont trop loin. Qu'ils en ont fait autre chose, une vraie petite personne, un bébé parfois, un petit prince, un maître têtu, un objet, voire une drogue. Qu'ils dorment avec lui, qu'ils le gavent comme ils se gavent eux-mêmes, ou autant qu'ils se privent. Qu'il leur coûte autant qu'un enfant, qu'il mange bien mieux que certains êtres humains, mais qu'il crève d'ennui tout seul du matin au soir dans ce confort dont il se fout. Qu'il passe sa vie à les attendre, alors qu'il a tant besoin de courir et de chasser. Qu'il n'a pas plus besoin de manteau que de papa ou de maman. Qu'ils lui parlent beaucoup, mais qu'ils n'ont peut-être parlé à personne d'autre aujourd'hui. Qu'ils ont peur et qu'ils se mentent. Qu'il n'a pas notre longévité. Qu'il partira bientôt. Qu'ils seront très très malheureux. Que l'angoisse, le manque d'amour, le stress et la peur de la solitude les dévorent. Que leurs vies m'étonnent et m'inquiètent. Que j'aimerais faire quelque chose. Que je ne peux presque rien.

Non je ne leur dirai rien de tout cela, car ils le savent déjà trop bien. Ils ne veulent pas entendre ces mots-là. Dans le fond, la seule chose qui compte vraiment, c'est de trouver un peu de quiétude. De dormir en paix, d'enfouir immédiatement ces peurs, ces angoisses ressurgies avec ce symptôme chez le chat ou le lapin.

Le moment venu, je rangerai mes affaires, mes seringues et mes flacons. Et je les laisserai comme ça, avec leur bête et une souffrance un peu contenue, entre les murs de leur minuscule studio ou de leur château. Je sortirai dans la nuit. Je prendrai une bonne respiration pour évacuer un peu de cette pesanteur, et je repartirai pour une autre visite. Je serai à peine surpris qu'après tant d'années, surgisse encore quelque chose d'extraordinaire, quelque chose à quoi je ne m'attendrai pas.

Histoire de Balthazar

C'est par la fenêtre que j'ai débarqué chez Mlle Lucic. À l'époque, je traînais dans le 17e arrondissement, de squats en caves, et de mendicité en maraudages. Et puis un soir, je l'ai vue à sa fenêtre : une petite femme un peu sèche et tendue, avec d'épaisses lunettes de myopes, qui lui donnaient des airs de vieille fille psychorigide. Le type célibataire endurcie, veuve, ou quelque chose du genre. Elle venait tout juste d'emménager dans un deux pièces du boulevard Pereire.

Elle a d'abord fait semblant de dire non, et j'ai fait semblant de ne pas insister. Peu après, les restes du repas étaient déposés sur le rebord de la fenêtre, dans une petite assiette abandonnée là. Et puis la fenêtre s'est bientôt entrouverte. Quelques jours plus tard, j'étais baptisé d'un nouveau nom prémonitoire : « Balthazar. »

Ce jour-là, je le savais, je quittais définitivement la vie de gouttière. J'emménageais chez Mlle Lucic.

Mlle Lucic n'était alors pas la femme extraordinaire qu'elle est devenue aujourd'hui. Elle avait encore un emploi, un petit appartement joliment meublé, et quelques amies pour prendre le thé ou aller le soir au cinéma.

Et puis un beau matin, quelques semaines après mon installation, Mlle Lucic n'est plus allée travailler. Du jour au lendemain, quelque chose a dû se passer, là-bas, au bureau. Un banal licenciement, ou une démission, quelque chose que j'ignore encore aujourd'hui, mais qui allait définitivement bouleverser sa vie.

Mlle Lucic n'est plus jamais allée au travail. Les premières semaines, elle était là, au salon, s'agitant, attendant que quelque chose se passe, espérant sans doute un travail, des réponses... Mais rien n'est advenu. Le temps a passé et Mlle Lucic n'a quasiment plus quitté l'appartement.

Petit à petit, durant tous ces longs mois désœuvrés, Mlle Lucic a commencé sa métamorphose. Elle est d'abord devenue plus calme. Un calme étrange, une sorte d'indifférence. Physiquement, son visage s'est détendu, arrondi, et elle a rapidement pris quelques kilos. Enfin, Mlle Lucic a commencé à se foutre complètement de ce que l'on pouvait penser d'elle. Elle s'est résignée à rester chez elle, à ne plus aller chercher du travail. Elle a même peu à peu renoncé à sa petite vie sociale. Finalement, elle a accepté, et quasiment préparé, organisé ce qui allait arriver.

Vers le mois de juin, un premier colocataire est arrivé. C'était un jeune Angora. Une peste. Puis un autre une semaine plus tard. Ensuite, par je ne sais quelle transmission d'information, ils sont arrivés les uns après les autres, jour après jour. Des jeunes et des vieux, des pouilleux, des soyeux, des obèses et des squelettiques. Tous les SDF du quartier ont débarqué chez nous.

Mlle Lucic a observé et comme laissé faire cette invasion naturelle. Elle suivait et s'adaptait à ce qui arrivait. En elle s'installait un sentiment nouveau. Un désir profond de donner son temps et sa vie pour des êtres qui ne lui feraient sans doute aucun mal. Plus elle en avait, et plus elle s'en occupait. Elle s'y consacrait, comme à une famille. Un sourire malicieux apparut sur son visage tout en rondeur. Petit à petit, le nombre de pensionnaires augmentait considérablement. Elle a ensuite recueilli une chienne battue.

Peu à peu, Mlle Lucic s'est barricadée du reste du monde pour se consacrer à ses bêtes. Peut-être était-elle faite pour ça, plus que pour n'importe quel emploi. Pendant toutes ces années, jusqu'au jour où nous avons tous subitement quitté les lieux, jamais je n'ai vu le moindre petit signe de faiblesse chez Mlle Lucic. En onze ans de vie commune, elle n'aura pas versé une larme, pas exprimé une seule plainte. Elle avait un perpétuel petit sourire malicieux, et n'avait sans doute jamais été aussi forte.

… L'ESPÈCE HUMAINE

« Lucic. » Le nom était marqué au crayon sur une feuille scotchée à la porte. Mlle Lucic habitait boulevard Pereire dans le 17e, face à l'ancienne voie ferrée, dans un vieil immeuble défraîchi. Je suis monté au deuxième et j'ai sonné.

– Entrez ! … Et surtout fermez bien vite la porte derrière vous !

La voix éraillée, l'accent slave de Mlle Lucic.

Passé la porte, une odeur acide m'a saisi, un mélange de parfums d'urine, de merde de chat, de moisi et de pâté au thon. Année après année, je retrouvai le même décor, la même odeur, mais chaque fois le choc était le même.

Jusque dans l'entrée, c'étaient des assiettes au sol, des litières ici et là, des journaux déchirés, et des chats… Des chats, partout des chats, à toutes les hauteurs. Trente-cinq chats dans un deux pièces de vingt-cinq mètres carrés à peine, où elle vivait elle aussi.

Après un instant, Mlle Lucic est enfin venue vers moi, l'air affairé, un chat dans les bras.

– Ah… C'est vous. Je vous serre pas la main. Venez !

Une toute petite dame, Mlle Lucic, toute ronde dans sa blouse à carreaux orange et verts. Hirsute, sale, brouillonne, fondue dans le décor. Avec une petite chienne toute gaillarde qui la suivait au pied.

J'ai débarrassé un coin de table, posé mes affaires entre deux boîtes de thon et on a commencé une campagne de vaccination à la chaîne : un par un, elle allait les attraper et j'injectais. Elle les sortait de partout : derrière les canapés, sur le canapé, sous le lit, dessus, derrière les rideaux, sur les radiateurs, dans les éviers, dans les armoires bien sûr, et dans tous les recoins…

Mlle Lucic avait beaucoup de choses à me dire, et j'écoutais sans contredire la petite dame qui n'en finissait pas de traquer et de dénoncer toutes les horreurs de notre société malade. L'univers entier n'était que malédiction et injustice engendrée par l'espèce humaine.

Mlle Lucic n'était pas seule dans son genre. Lors de mes visites, j'avais pu en voir quelques-unes, comme elle : des femmes en général, seules, plus ou moins recluses, souvent sans travail, semblant n'avoir d'autre amitié, d'autre amour, d'autre tendresse que celle des chats. Irréductibles. Combattantes retranchées dans le camp des bêtes. Affrontant bravement le reste de l'humanité, le camp dispersé de tous ceux qui maltraitent ou abandonnent les bêtes, de ceux qui les multiplient, les perdent ou les oublient. Elles en hébergent cinq, dix, voire vingt ou plus. Les chats arrivent chez elles, de partout, et elles consacrent toute leur énergie à les recueillir, puis à tenter de les refourguer à de bonnes âmes, ou le plus souvent à les accumuler à la maison parce que personne n'en veut.

Mlle Lucic comptait désormais trente-cinq pensionnaires, et depuis belle lurette, il était devenu impossible de transporter pareil élevage. Cela faisait donc six ans que je venais vacciner tout son monde. En dehors d'elle, j'étais quasiment le seul être humain à pénétrer son appartement.

La petite chienne s'était installée à mes pieds. J'ai fait remarquer qu'elle n'était pas là l'année précédente.

– Ah celle-là, si elle pouvait parler…

Elle a pris un air confidentiel pour me raconter comment son maître la violait, et me convaincre une fois de plus que l'espèce humaine était vraiment la pire. Heureusement, ce gros porc était mort et c'était tant mieux…

Les chats défilaient. Au bout d'une demi-heure, on en arrivait au quatorzième. Elle tenait le quinzième par la peau du cou. C'était son vieux persan, le doyen de la maison – un matou affreusement maigre et déshydraté – mais c'était son favori.

– Ah ben, lui, c'est Balthazar, elle a dit, si vous l'aviez vu dans sa jeunesse… Il était magnifique ! Une merveille !

Balthazar me regardait fixement. De cette façon mystérieuse qu'ont parfois les animaux de nous regarder, en nous laissant imaginer qu'ils pensent. Et qu'ils savent tant de choses, qu'ils ne nous diront pas… C'est à ce moment que ça a sonné à la porte. Une fois… deux fois… Mlle Lucic ne bronchait pas, immobile, son Balthazar sur les genoux. Trois fois… Aucune réaction.

– Vous n'ouvrez pas ? j'ai demandé.

– Je n'attends personne.

Ça a tambouriné et puis ça a hurlé derrière la porte.

– Mademoiselle Lucic, ouvrez ! Ouvrez tout de suite, ou c'est moi qui ouvre !

Elle s'est quand même résignée à poser le chat pour aller à la porte, sans ouvrir.

– Qu'est-ce que vous me voulez encore ?

– Vous savez très bien, ouvrez ou…

– D'accord, d'accord. Pas besoin de s'énerver…

À la porte il y avait un petit monsieur en costume gris, avec un sourire contrit. Il était escorté de deux flics en uniforme.

– Encore vous ? elle a dit sur un ton blasé, pourquoi vous vous énervez ?

Ça sentait le réchauffé. De vieilles connaissances. Le type est entré avec les deux flics derrière lui.

– Vous avez de la visite ? a dit le petit en costard, va falloir se dire au revoir, parce que nous avons du travail.

Il s'est avancé dans le deux pièces, en faisant comme si je n'étais pas là. Il semblait chez lui.

– Monsieur Dubois, elle a répondu avec calme, vous n'êtes pas le seul à faire votre travail ici, vous pourriez faire preuve d'un peu de respect…

– Qui est ce monsieur ? il a demandé sur un ton agacé.

– À votre avis ? Le Père Noël ? Ce monsieur est vétérinaire, elle a dit en me désignant. Il fait son travail et ne fait de mal à personne.

– Ce n'est pas mon affaire, je…

– « Pas mon affaire »…!? Mais bien sûr ! C'est quoi votre affaire, on le sait : venir embêter les pauvres gens ! (ce monsieur est huissier, m'a-t-elle précisé avec une petite moue de mépris). Oui, oui, je sais, vous ne faites que votre travail et c'est bien à regret que blablabla… Je sais je sais ! Moi aussi je regrette, figurez-vous, je regrette qu'il y ait des gens comme vous qui mettent d'autres gens à la rue, des êtres humains et, ce qui est pire, des bêtes innocentes en plus ! Y a que l'espèce humaine pour faire des trucs pareils… !

Il n'écoutait plus. Le petit homme, qui était certainement coutumier de ce genre de délicatesses, ne bronchait pas. Il était là pour faire évacuer les lieux, pas pour discuter. Point à la ligne.

– Bien, il a dit, le mandat, le voici. Pas la peine de vous en faire la lecture ? Bien, alors messieurs, c'est à vous ! il a lancé aux deux flics.

Ils sortaient quelques sacs à chats où apparemment ils espéraient enfourner les félins avant de s'occuper du reste. Immobile, Mlle Lucic avait perdu son sourire malicieux. Elle contemplait la scène avec une sorte de mépris silencieux, qui dissimulait mal la panique qui l'avait envahie.

Pendant ce temps, personne ne semblait s'intéresser à mon avis.

La chasse a commencé de façon un peu désordonnée : aux rideaux, derrière les canapés… Il était évident qu'ils avaient sous-estimé la difficulté de l'exercice. Les chats se débattaient furieusement et les coups de griffes volaient. Je les regardais peiner, tout en rangeant mes affaires sans broncher.

– C'est des chats sauvages, ces bêtes-là ! s'est exclamé l'un des deux flics.

– Tous les chats sont sauvages, elle a corrigé. Les chats domestiques, ça n'existe pas !

– Combien y en a au total ? a demandé l'huissier avec son formulaire à la main.

– Trop ! Y a trop de chats abandonnés. Je ne compte plus depuis longtemps. D'ailleurs, c'est pas mon problème… N'avez qu'à faire votre métier !

L'huissier s'est adressé à moi pour savoir si certains étaient malades.

– C'est fort probable, j'ai répondu.

– Comment ça « fort probable » ?

– J'étais en train de les vacciner quand vous êtes entrés… Avec tout ce qui traîne : rage, typhus, le sida du chat, le coryza…

Ça a fait tilt, mieux encore que ce que j'aurais pu imaginer. Le mot « sida » s'est arrêté dans le ciboulot de celui qui était debout sur le radiateur, le bras tendu vers un chat accroché au plafond. Le mot était sorti sans véritable intention précise, mais à cet instant, j'ai compris subitement que je ne pouvais pas être là, à ce moment particulier, par hasard…

Le type s'est arrêté tout net et s'est adressé à moi :

– Qu'est-ce que vous dites là ?

– Que j'aurais bien aimé finir de les vacciner…

– Oui, mais les maladies, là, vous avez dit quoi ? Le sida ? Vous avez dit sida ?

– Bien sûr, il existe le sida du chat… et la rage aussi.

– Sida, sida, et quoi comment ça sida ! Et rage !? Ils ont le sida les chats ?

– Hélas oui !

– Le même que nous ?

– Plus ou moins…

– Le même que nous, oui ou non ?

– En fait, pour tout vous dire, on ne sait pas.

– … Contagieux à l'homme, oui ou non ?

– On sait seulement que ce n'est pas impossible. C'est sans doute à la limite du probable…

Un peu décontenancé par mon verbiage, l'agent de police. Il trouvait ça louche, sans doute cette façon de ne pas dire les choses franchement et simplement. Il a regardé son collègue qui s'acharnait au balai sur une bestiole acculée sous un fauteuil.

– Attends, Jean-Jacques, il a dit à l'autre, qu'on soit bien clair : si ça c'est vrai, il est aussi vrai que je veux pas attraper cette saloperie comme ça, moi.

Il avait une femme et des enfants, il ne voulait pas attraper le sida.

– Et alors ? Qu'est-ce que tu veux faire ?

– Pas question de continuer. Ça s'appelle le principe de précaution. Moi je m'arrête, tu fais ce que tu veux, mais moi je reviendrai quand on sera équipés.

– Attendez, a dit l'huissier, vous n'êtes pas sérieux ? C'est la deuxième fois qu'on vient !

– Je suis très sérieux. Complètement sérieux. Tout ce qu'y a de plus sérieux.

Ses formulaires à la main, l'huissier me regardait avec un air désabusé, en se demandant si je les embobinais ou pas – c'est vrai ces bobards ? J'ai pris un air parfaitement innocent, et rapidement j'ai vu passer dans ses yeux l'affaire du sang contaminé, de l'amiante et la mine réjouie de son avocat.

– Bon… il a dit, les lèvres serrées, bon, ce n'est qu'un petit contretemps… Quant à vous, je vous conseille de ne pas trop vous attarder ici.

Il a promis de revenir bientôt. La petite dame l'a regardé partir, suivant les deux flics vers la sortie, en lui renvoyant le même petit sourire qu'il avait en arrivant.

– À bientôt, mademoiselle Lucic, il a dit en fermant doucement la porte.

Elle n'a pas bronché. On a repris les vaccinations jusqu'au trente-cinquième chat. Une heure sans un mot. Elle m'a réglé et puis on s'est quitté comme ça.

*

Nous étions à une semaine de la trêve hivernale, et l'huissier n'a apparemment pas pu revenir à temps.

Mlle Lucic est restée jusqu'au mois de mars dans son deux pièces. Je suis repassé un soir par curiosité peu après la fin de la trêve, et c'est une voisine qui m'a appris la suite : les flics étaient venus équipés de tenues rembourrées, celles qu'on utilise avec les chiens de combats. Ils avaient vidé les trente-cinq chats, les litières, les boîtes de pâté, et les quelques meubles.

Je ne doute pas que Mlle Lucic ait trouvé un autre squat où elle accueille de nouveau les chats abandonnés. Quant aux chats, refourgués à la SPA, je ne sais pas si certains avaient le sida du chat, mais de toute façon ce n'est pas contagieux à l'homme. Du reste, le vaccin n'existe toujours pas.

Histoire de Darwin

Moi, c'est Darwin. Darwin, comme Charles Darwin, le biologiste. Celui de la théorie de l'évolution, de la sélection naturelle. Un type génial ce Darwin ! Rien qu'en observant la nature, il a réussi à imaginer ce qui nous relie tous : du chien au chat, de l'éléphant à la bactérie, de la grenouille aux champignons, en fait, tout le monde tient sur une sorte d'arbre qu'il a dessiné, et tout le monde peut se voir sur l'arbre, chacun à sa position.

Tout le monde sauf moi. Je n'ai pas de place sur cet arbre, car je ne suis pas le résultat de cette belle évolution. Je suis un cas à part, le fruit d'une évolution séparée, d'une sélection non naturelle.

Je suis un bouledogue français. Une de ces races que les gens regardent avec un froncement de sourcil dans la rue. Quand ce n'est pas un sourire narquois. Une race chérie, ou une race méprisée. Rassurez-vous, ce qui suit n'est pas une diatribe contre le racisme, et je ne suis pas là non plus pour me plaindre. Moi-même je m'étonne parfois de l'étrange anatomie dont ma race est dotée : ce museau écrasé, ces poumons en tonneau, cette démarche étrange, est-ce la nature qui a fait ça ? Pas tout à fait, non. La nature laisse rarement traîner ce genre d'imperfections, ce genre de tares...

Si vous voulez comprendre de quoi je parle, lisez ceci :

Les bouledogues (français et anglais) font partie des races brachycéphales. Ces races sont le résultat d'une sélection excessive, ayant abouti au développement d'un hypertype rapetissé, raccourci et élargi latéralement (hypométrique, ultra concaviligne et ultra bréviligne).

Ces caractéristiques sont souvent associées au syndrome obstructif des voies respiratoires hautes. Une sténose des narines est fréquemment observée. Ronflements, essoufflements, intolérance à l'effort et à la chaleur, syncopes sont les troubles respiratoires les plus fréquemment cités. Les troubles digestifs comprennent des régurgitations, un rejet de mousse à l'énervement, des vomissements alimentaires longtemps après le repas.

La fibroscopie respiratoire permet de préciser la nature des anomalies les plus fréquentes : allongement-hyperplasie du voile du palais, affaissement du nasopharynx, inflammation pharyngée et amygdalite, éversion des ventricules laryngés, collapsus laryngé et hypoplasie trachéale.

La fibroscopie digestive permet d'observer fréquemment une déviation œsophagienne, une sténose pylorique et une hernie hiatale.

... LE CŒUR À L'OUVRAGE

Elle n'était pas inquiète. Mais il ne fallait pas que je me perde. J'aurais du mal à trouver, c'était sûr, j'aurais du mal. Il fallait bien m'expliquer la route. Elle répétait chaque détail, avec application. Le cul-de-sac. La pente à droite. Le chemin qui plonge. La grille rouillée. La maison de derrière. Elle se répétait. Il ne fallait pas que je me perde.

J'avais répondu que j'avais l'habitude, qu'il ne fallait pas s'inquiéter pour ça. Que c'était mon métier.

En vingt minutes, j'étais à Bagnolet, en haut de la butte qui dominait Paris. À deux pas des tours, il y avait un quartier de petites maisons bien rangées, et derrière, la zone devenait un peu plus sauvage. Au bout d'une impasse, il fallait emprunter un petit escalier, redescendre la pente. En face du lampadaire, au numéro cinq, une grille ouvrait sur un jardin broussailleux. Une petite allée conduisait à une drôle de bâtisse délabrée, un peu bancale, mangée par le lierre et les lézardes. J'ai sonné à la porte, et après plusieurs coups, comme personne ne venait, j'ai entrouvert la porte. Pas un bruit, pas une âme. J'allais refermer quand une lumière s'est allumée soudain, et un vieil homme sur un fauteuil roulant est alors apparu dans le hall d'entrée. Hirsute. Une tignasse blanc-jaunâtre, des vêtements crasseux et abîmés, une véritable allure de clochard. Il me dévisageait, sans dire un mot, son faciès agité de petits tics nerveux.

– Je ne suis pas chez Mme Linsé ? j'ai demandé.

– Pas tout à fait, il a répondu… Mais qu'est-ce que vous lui voulez à Mme Linsé ?

– Je suis le vétérinaire.

– Vétérinaire ? Oh ! Oh ! Alors c'est pour son minou ?

Il a répondu en blaguant.

Il a ri de toutes ses dents, celles qui lui restaient, et il a continué d'un ton subitement plus grave :

– Sérieux : C'est son clebs, je suis sûr. C'est des crevards ces chiens-là, hein ?

Il continuait de me scruter avec un petit sourire en coin.

– Vous êtes pas à la bonne porte, a-t-il ajouté, c'est juste derrière, regardez bien, au fond du jardin.

Il m'a regardé sortir, sans bouger, avec un air malin.

J'ai contourné la bâtisse. Derrière, tout au fond du jardin, j'ai fini par apercevoir une lumière derrière l'épaisseur de la végétation. Une petite habitation – il s'agissait en fait d'un mobile home – se cachait sous les arbres. Par la fenêtre, dans une pièce enfumée, j'ai aperçu, sur un lit, une femme en chemise de nuit, allongée avec son chien lui-même affalé sur elle. C'était une femme obèse, absolument énorme même, dont la masse impressionnante, à peine couverte d'une nuisette, s'étalait comme celle d'une baleine sur le lit défait. Son visage, ses traits fins me semblaient beaucoup plus jeunes que ne le laissait paraître ses longs cheveux gris-blanc, coiffés en un imposant chignon. Elle caressait son bouledogue, qui respirait la langue pendante, affalé sur la confortable largeur de son corps. Elle semblait lui parler tout bas, d'une façon douce et affectueuse. Je suis allé à la porte d'entrée, grande ouverte, et suis resté un instant, dans l'embrasure de la porte, immobile, avant qu'elle ne m'aperçoive.

– Ah ! Je vous attendais. Installez-vous.

Sa voix ne traduisait aucune inquiétude, à peine une légère émotion était-elle perceptible. Le chien, quant à lui, était sérieusement à la peine. Avec ses grands yeux hagards, la gueule grande ouverte, le bouledogue faisait un râle rauque effrayant. La sérénité affichée de la grosse dame contrastait avec l'agitation du chien. Il ne pouvait pourtant pas lui avoir échappé que son chien respirait vraiment très mal.

J'ai sorti le stétho et tout le reste par automatisme, mais je n'étais pas dans le bain. J'étais happé par le lieu et cette femme au physique impressionnant.

Pour le diagnostic, c'était clair. Ce râle était caractéristique d'un collapsus trachéal, un rétrécissement de la trachée. Critique, mais banal. J'ai sorti une seringue et j'ai préparé un garrot pour faire une intraveineuse.

– Ouh lala, elle a dit en voyant la seringue, moi faut pas que je regarde, sinon je vais m'évanouir.

Elle a animé la masse de son corps, et s'est mise en position assise, avant de se lever laborieusement. Elle a saisi le déambulateur qui était prêt du lit, et s'est lentement dirigée vers l'extérieur, dans le jardin, où elle a allumé une cigarette. J'ai désinfecté la patte pour faire l'intraveineuse.

– C'est très réconfortant que vous soyez là, a-t-elle dit en sortant. S'il lui était arrivé quelque chose… Ça me fait tellement peur. Vous avez quelque chose de très rassurant, je l'ai senti dès que vous êtes arrivé.

Et puis je ne l'ai plus entendue. J'ai supposé qu'elle s'était éloignée dans le jardin pour fumer. J'allais faire l'injection, lorsque le bouledogue a levé doucement la tête, m'a regardé d'un air absent, l'œil vitreux. Il a tenté vainement d'inspirer, d'un souffle trop court, avant de s'affaler au sol. Et là, plus rien… Une apnée ? Réflexe oculaire zéro. À l'auscultation, silence dans la cage thoracique : c'est un arrêt cardiaque, sous mes yeux, en direct. La tuile. Une seconde pour réfléchir, et puis ne plus réfléchir. Je n'appelle pas la maîtresse du chien tout de suite, je temporise : s'occuper du chien. Le basculer sur le côté, et masser.

C'est parti pour le massage. Le battement cardiaque ne reprend pas. La femme, elle, ne revient pas non plus. Qu'est-ce qu'elle fait ? Je masse, et je l'appelle. Pas de réponse, rien. Maintenant il faut qu'elle revienne. Qu'elle voie.

Je continue. J'injecte atropine puis adrénaline en intracardiaques. Et je masse encore.

Il a 11 ans, ce chien. Pas très vieux. Mais c'est un bouledogue français. Une race prédestinée : un appareil respiratoire tout écrasé, la colonne d'air en accordéon, ce chien compressé, mal foutu, forcément ça devait lui arriver un jour. À lui et aux autres bestioles du genre. C'était écrit.

J'ai quelques pulsations fragiles et hésitantes. Une seconde, trois, puis cinq, le cœur pulse mais il ne tient pas, il rechute. Alors je reprends. Je masse encore, tout en regardant autour de moi le décor : les petits tableaux qui emplissent le mur, les photos, les miniatures, les cartes postales. Des revues, des livres entassés par terre. Un fatras, un monde. Je suis seul dans ce mobile home perdu au fond d'un jardin coupé du monde et je masse.

Je fais rapidement le point : 1) J'ai un bouledogue français en arrêt. 2) La réanimation ne semble rien donner pour l'instant. 3) Nous sommes loin de toute assistance respiratoire. 4) Je n'obtiendrai aucun soutien de cette femme. Bref, il faut le dire, la situation est plus que critique, elle est quasiment désespérée. Ça sent le sapin.

Je l'appelle de nouveau et sa voix me parvient faiblement du jardin. Elle arrive. Je ne suis pas un adepte de l'acharnement. Je me prépare donc à lui annoncer ce qu'elle va d'ailleurs constater par elle-même en entrant. Ensuite ce sera clair : il faudra lui faire comprendre qu'il n'y a aucun espoir et qu'il serait préférable de le laisser partir. Le tout dans les formes qui conviennent, bien sûr.

Après ce qui me semble une éternité, la femme apparaît enfin à la porte, avec son déambulateur. Elle s'immobilise.

– Mon Dieu ! Qu'est-ce qu'il a, docteur ? Qu'est-ce qui se passe ?!

Elle tremble de tout son corps. Son regard se plante dans le mur. Elle est ailleurs. On dirait qu'elle aperçoit la vérité.

– Il est vivant ? Il va pas mourir, docteur ?

J'attends quelques secondes, juste le temps de lui laisser réaliser encore un peu mieux la gravité de la situation. Elle fixe obstinément le mur, le regard dans le vide. À ce moment, elle prononce alors ces trois mots, d'une voix atone :

– Je suis foutue.

Elle tient une cigarette à la main, qui lui échappe sans qu'elle s'en aperçoive. Elle respire lentement, comme si elle cherchait à se calmer, à se contrôler. Silencieuse, désormais. Je n'ose dire un mot. J'ai le sentiment qu'elle se récite une prière intérieure. À moins que ce ne soit une lamentation. Les larmes coulent sans un bruit. L'émotion qui émane d'elle est impressionnante. Ça veut dire quoi « foutue » ? J'ignore ce qui va se passer si tout s'arrête, s'il arrive quelque chose à son Darwin, son trésor. Un effondrement, un drame, sans doute. Alors je ne dis toujours rien, je masse, je masse, sans savoir pourquoi, car le cœur ne veut pas s'accrocher. Il bat quelques pulsations puis s'arrête à chaque fois. Et je reprends. Et puis je ne sais pas ce qui me prend, je dis :

– Ça va revenir, ne vous inquiétez pas.

Ce n'est absolument pas la vérité. Pourquoi j'ai dit ça ? J'ai eu peur, je crois. Et je ne parviens pas à dire ce qu'il faudrait dire. Je la regarde, immobile, pétrifiée, et les mots ne viennent pas.

Pendant ce temps, mon massage reste vain, mais je ne peux revenir en arrière. Il faut éviter le pire. Et comme une fuite, je commence à penser à la seule alternative envisageable : la clinique. Mais comment ? L'emmener, masser, tenir jusqu'à la première clinique de nuit ? Faire déplacer cette femme qui n'avance qu'appuyée sur son déambulateur ?

Je ne réfléchis plus. Entre deux massages, je lui explique le topo. Elle m'entend à peine.

– Vous avez compris ? je demande.

– Comment ? Oui… ? Oui, docteur.

– Alors venez, et on y va.

Elle a hoché la tête. J'emporte le chien dans mes bras. Elle se dirige lentement vers la porte, prête à sortir comme ça, en nuisette.

– Vous allez avoir froid, j'ai dit, tout en massant, prenez quelque chose.

Elle a pris un manteau, et on est partis lentement vers la voiture. Je reprenais régulièrement le massage : dans le jardin, dans le chemin qui montait à la rue, à la voiture, sans arrêt.

– Qui va conduire ? elle a demandé.

– Vous allez prendre le volant, j'ai dit, on n'a pas le choix.

Ce n'est qu'arrivé à la voiture que j'ai réalisé l'étrangeté de mon idée. Comment cette masse rentrerait dans ma voiture ? Je n'y avais pas songé un instant. Elle me dévisageait, intriguée.

– Vous voulez que je conduise ?

Il a fallu des efforts horribles pour qu'elle finisse par entrer dans la voiture, et se mette au volant. Là, panique muette. Elle a regardé autour d'elle, comme pour appeler quelqu'un pour la sortir de ce pétrin. Elle a pris son portable.

– Je peux appeler ma fille ? elle a demandé.

Qu'est-ce qui lui prend encore ? Elle a croisé mon regard sévère et elle a rangé son portable, avec un air confus, celui d'une enfant qu'on aurait grondée. Puis il y a eu un horrible frottement de la boîte de vitesse, et le moteur a vrombi. Puis calé. Elle tremblait comme une feuille. Alors elle a lâché le volant et elle a baissé la tête.

– Je… ne sais pas conduire, elle a dit. J'ai pas pris le volant depuis dix ans. Je… Je ne sais plus.

– Qui peut nous conduire ? j'ai demandé. Un voisin ? Le vieux type au fauteuil roulant dans la maison, c'est qui ? Vous le connaissez ? Il est capable de prendre le volant ?

– Lui ? Capable ? Peut-être, j'en sais rien… Mais il ne voudra jamais…

Ça n'a pas été facile de le convaincre. Bien sûr il avait le permis. Permis B, C, moto, et les autres. C'était un ancien chauffeur de poids lourd. Il nous aurait bien raconté sa vie, pendant que je continuais de masser Darwin dans l'entrée, en le pressant. Le petit vieux se foutait complètement du chien. Mais un peu d'action, après tout, il n'était pas tout à fait contre. Il s'est finalement levé de son fauteuil, a pris le temps d'enfiler une veste, et il a lentement remonté le petit chemin sur ses cannes, avant de se mettre au volant.

Il a écrasé l'accélérateur, puis il est parti comme une trombe. Je continuais de masser par intermittence. Entre deux, je regardais le chien toujours inconscient et le décor qui défilait, pendant qu'on descendait entre les tours de Bagnolet.

– Il respire toujours ?

– Oui, oui, il respire.

– Il n'est pas fragile, elle a dit. Mais dites-le moi s'il va mourir docteur !

– Mais non, a répondu notre chauffeur d'une voix joviale, on va vous le sauver le Darwin… Faut pas s'inquiéter comme ça !

Il roulait à tombeau ouvert, avec une dextérité impressionnante. Quant à moi, je commençais à sentir mes forces me quitter, massage après massage, et je ne disais plus un mot.

La grosse dame se taisait aussi. Les larmes recommençaient à couler sur ses joues. En silence. Comme si le monde s'était figé autour de la voiture. Comme s'il n'y avait plus que lui. Son bébé. Sa passion. Son bouledogue. Pourquoi un bouledogue ? Pourquoi les gens veulent absolument ces bêtes à soucis ? Serait-ce pour leur grosse tête attendrissante, leurs grands yeux de bébé ? Pour leur allure maladroite tellement touchante ? Serait-ce pour laisser s'épanouir un instinct de compassion ?… Et qui a eu la malice ou l'inconscience de créer ces bêtes-là ?

Arrivés à destination, dans le 19e arrondissement, notre chauffeur s'est garé devant la clinique de nuit. Quelques derniers massages, et puis j'ai pris le chien dans mes bras. Un étudiant vétérinaire tout ébouriffé nous a ouvert la porte en baillant. Et puis il a fait son job : intubation, assistance respiratoire artificielle, perfusion, et la stabilisation. Le bouledogue allongé sur le dos, en croix, avec le ballon d'air, la perfusion, l'électrocardiogramme : c'était vraiment du meilleur effet.

Sauvés ! Je suis allé me laver les mains, et la maîtresse du bouledogue m'a suivi timidement. D'une voix à peine perceptible, elle a balbutié une sorte de merci. Elle serrait mes mains dans les siennes – j'ai cru qu'elle allait les baiser. J'ai fait un petit sourire de circonstance, j'ai répété que je lui avais bien dit, que j'en étais sûr que ça se passerait bien…

J'étais épuisé. J'ai salué une dernière fois la grosse dame, et je suis sorti de la salle de soins. Le vieux monsieur attendait là, il se grattait encore les mollets avec acharnement. Je l'ai remercié.

– Oh ! Pas de quoi ! il a répondu en riant de toutes ses dents. C'est un crevard c'te bête, il a ajouté, ça change rien, hein ? Mais c'est pas le premier, ni le dernier, vous savez… Elle a l'habitude !

J'ai ri aussi, d'un rire jaune, qui dissimulait à peine la contrariété d'entendre ce que je ne voulais pas entendre, et je suis sorti.

*

La maîtresse du bouledogue m'a rappelé quinze jours plus tard. Elle parlait tout doucement, avec une tristesse résignée dans la voix. Et de longs silences. Elle m'annonçait la triste nouvelle : malgré une opération de la trachée, son bouledogue était décédé subitement suite à un nouvel arrêt respiratoire. Elle n'avait même pas eu le temps de réagir, d'appeler, elle l'avait trouvé mort. Comme ça.

– Je suis allée voir un élevage aujourd'hui, elle a dit. Je crois que vais en reprendre un.

– Un… ?

– Ben, un bouledogue.

Son quatrième bouledogue… Son trésor, son chien, c'était sans doute ce qui lui restait de son fils, de son mari ou de je ne sais quel passé. C'était un survivant d'une de ses morts à elle. C'était lui, et c'était elle.

Histoire de Pit

D'abord, ils ont croisé les races. Ils ont mêlé du bulldog, du terrier britannique, peut-être du grey hound, disent certains. Les origines, personne ne les connaît vraiment aujourd'hui, mais qu'importe : par une sélection méticuleuse, ils ont créé une race dotée d'une musculature et d'une puissance exceptionnelles. Ils ont fait du beau travail.

Puis ils nous ont baptisés.

Du nom de « pit » : l'arène, et de « bull » : le taureau. Pitbulls, nous sommes donc les pit-bulls, les chiens-taureaux dans l'arène.

Non, les hommes ne se sont pas trompés. Car ils n'en sont pas à leur coup d'essai.

Il y a le taureau. Hier dieux de la virilité chez les Grecs, les taureaux ont compris le sens et la valeur de leur virilité. Élevés, sélectionnés, pour combattre et pour être sacrifiés dans l'arène. Se faire abattre. Simplement parce qu'ils incarnent à merveille cette force charnelle qu'on érige pour mieux jouir de sa destruction. Virilité maudite.

Et puis il y a l'arène. Elle est juridique. Elle est triste. Pour nous, les hommes ont inventé des catégories.

Pour nous, nous les pit-bulls, les chiens-taureaux, chiens rangés en catégorie « 1 », la catégorie des « races dangereuses ». Races à éliminer. À répertorier, à museler, et à castrer.

Non, ils ne sont pas trompés. Non, ils n'en sont pas à leur coup d'essai. Les humains aiment détruire ce qu'ils se donnent tant de mal à créer. Je ne sais pas ce qu'ils préfèrent, détruire ou créer... Ce que je sais, c'est que nous sommes déjà en voie d'extinction. D'autres bâtards sélectionnés ont déjà commencé à prendre notre place. Alors, nous, on se méfie.

Nous, les pits, savons bien que nous n'en avons plus pour bien longtemps...

... LE TRAVAIL BIEN FAIT

Porte d'Aubervilliers. Trois heures et demie du matin. Une nuit froide et humide de novembre. Pas un chat dans le quartier. À l'entrée d'un immense parking à étages, une barrière s'est levée à mon arrivée et une voix m'a indiqué de descendre au troisième sous-sol. En bas, un homme en noir s'approche et me fait signe de me garer au fond. C'est un type immense, bâti comme une armoire à glace, le crâne rasé.

– Bonsoir chef, me dit-il, t'en as mis du temps.

Je sors de ma voiture et l'homme me serre la main dans un étau.

– Je l'ai installé dans la loge et je lui ai mis une couverture thermique.

Tout en marchant vers la loge, il continue son rapport. Il me tutoie, parle sans manières, mais son regard nerveux m'évite soigneusement.

– L'autre, y lui a sauté dessus, par surprise. Même moi, je l'ai pas vu venir ! Mais il l'a bouffé, c'est un tueur, Monarque. C'est un tervuren, pas un douillet quoi ! Y a du sang, c'est une boucherie, tu vois.

On est arrivés à la loge en silence.

– … Pas bouger, Monarque, pas bouger !

La bête qui gronde. Les gros yeux du maître.

– Couché, Monarque !… Couché !

Mais Monarque continue de gronder, debout, babines retroussées. Le maître s'énerve, mais semble tenir une distance avec l'animal.

– COUCHÉ ! Putain, Monarque, tu vas te coucher, merde !

En attendant l'accalmie, je m'installe. Le vigile s'interrompt un instant pour consulter la base au talkie-walkie.

– Il est où ? Tu l'as trouvé ce bâtard ?

Grésillement. Mais non, rien, toujours rien sur le parking, pas de terroriste, pas de méchant voyou à se mettre sous la dent.

Coup d'œil sur Monarque. La bête gronde encore, mais c'est presque comme un gros ronronnement maintenant, elle s'est habituée à ma présence. Je rassure Monarque, je lui parle, je prends sa patte antérieure avec précaution. Celle-ci est couverte de sang, mais je ne vois qu'une minuscule plaie au niveau du coude. Le sang est celui de l'autre animal. Le tissu musculaire est à peine éraflé – même pas de suture à faire là-dessus. Je vérifie tout autour, quelques contusions par ailleurs, presque rien. Mais pourquoi parle-t-il de « boucherie » ? Je contrôle encore une fois, rien d'autre. Le vigile me regarde avec un air solennel et grave, il attend le verdict.

– Vous avez vu la plaie ? je demande.

– Oui, répond-il froidement.

– Vous l'avez vue ?

Il détourne le regard.

– Je m'en bats les couilles, moi, de voir. Tu le soignes, et basta. C'te chien, c'est la chair de ma chair, tu le retapes direct, y a pas à poser de questions.

Bizarre, le bonhomme. J'ai envie de sourire. Mais le général en chef des parkings ne plaisante pas du tout : il ne veut pas regarder. Avec Monarque, on touche au domaine du sacré. « Celui qui touche à mon chien, il avait dit, c'est simple, je le bute ! »

Il tuerait aussi bien le véto qui fait mal son boulot, ou qui se fout de sa gueule. Un mot de travers et là, sur le sol de la loge du parking souterrain, sûr, il me prendrait par le colback, et puis il me poserait le couteau sous la gorge. Ou alors il me tuerait direct, pour que Monarque me bouffe tout cru comme un steak saignant, plein de bon fer et de protéines.

Deux types arrivent soudain du bout du parking : un autre vigile en treillis et rangers, du même format, et un jeune Arabe qui marche devant lui en portant un chien blessé dans ses bras.

– Voilà notre commerçant, a dit l'autre, il était pas très loin. Je l'ai retrouvé au moins quatre. Il s'était planqué dans un cul-de-sac, ce nabot !

Et s'adressant à l'Arabe :

– … Vas-y, montre-lui ton clebs, t'as un véto là, pour toi, vas-y, montre-lui !

L'Arabe s'est approché, le chien est KO dans ses bras couverts de sang. Un pit-bull, l'abdomen ouvert, les viscères à vue. À ce moment, le premier vigile s'est écarté brutalement, et s'est assis par terre contre un mur derrière, livide.

– Écarte le « iench », il a dit d'une voix fragile, il a touché Monarque, tu le butes, c'est tout.

J'ai jeté un coup d'œil rapide. Là, nous avions une vraie boucherie.

– Y a de la chirurgie lourde là-dessus, j'ai dit, faut l'emmener en clinique tout de suite.

Le deuxième vigile a dit à l'Arabe :

– T'as entendu ? Il va y rester. Moi je crois qu'il souffre trop, faudrait pas mieux abréger docteur ? Y faudrait pas mieux le piquer tout de suite ?

– Il a des chances de s'en sortir, j'ai répondu en revenant au tervuren.

– Moi je dis qu'il est foutu, il a ajouté.

Je n'ai eu que le temps de me retourner. Il y a eu deux secondes de vide, j'ai entendu l'Arabe hurler, et puis ça a fait Bang ! Une énorme détonation qui a explosé derrière moi. Je me suis retourné, terrorisé : le pit gisait par terre dans une mare de sang, et l'Arabe se tenait à côté, raide, comme statufié. Le deuxième vigile avait tué le pit d'une balle dans la tête. Bien sûr, c'était un bout de la virilité du dealer qu'il avait atteint. L'Arabe vacillait, il n'était plus tout à fait lui-même. Le vigile s'est mis à le fouiller, et il a trouvé quelques liasses de billets dans ses poches.

– On va garder ça, parce qu'y va y avoir des frais, il a dit. Et maintenant, la racaille, tu prends ton cadavre et tu vas faire ton marché ailleurs, on s'est bien compris ?

– Oui… oui, il a balbutié.

– … T'as pas bien compris : barre-toi ! Et ramasse-moi cette merde. Il en fout partout ton clebs.

L'Arabe a pris le cadavre dans ses bras, il s'est éloigné en reculant doucement, et puis il s'est mis à courir comme il pouvait, tout en les insultant de loin.

J'ai eu dix ou vingt secondes de flottement, je ne sais plus. Le premier vigile était toujours assis par terre, mais il reprenait doucement des couleurs. Je me suis penché vers le tervuren pour envisager la suite. La bouche sèche. Le premier vigile s'est adressé à moi :

– Hey, le véto, qu'est-ce que tu fais maintenant ? Tu réfléchis ?

Je tenais la patte du chien en me demandant ce que j'étais venu faire dans ce parking. Mais je comprenais mieux. Mon client avait beau être vigile et taillé comme une armoire à glace, il avait une âme quelque peu sensible. Avec l'arrivée du pit-bull, il avait même frôlé l'évanouissement. Quant à la plaie de son tervuren, il ne l'avait pas regardée, tout simplement par peur de perdre connaissance.

Un petit aboiement de Monarque m'a sorti de mes réflexions. Je fixai la plaie. Celle-ci n'était pas large mais d'un coup, étrangement, elle me semblait plus large, quand même. Voire béante.

J'ai repris ma respiration. Sans un mot, j'ai commencé à sortir mon matériel, tout doucement, en tremblant, histoire de reprendre la maîtrise. C'était clair, il n'y avait plus d'hésitation, il valait mieux honorer largement les attentes de mon client. Le gâter même. Alors j'ai pris ma belle trousse de chirurgie et j'ai sorti le grand jeu. Sur un champ stérile, j'ai étalé la panoplie complète de mes instruments, bien rangés les uns à côté des autres. Et puis le masque stérile et aussi la charlotte stérile. J'ai enfilé les gants, j'ai posé un joli cathéter et j'ai confortablement endormi Monarque. Je l'ai rasé au petit poil, pour ne pas dire épilé. Désinfecté. Je prenais les instruments un à un. Tout y est passé. J'ai fait une suture de chirurgien esthétique. Pas une goutte de sang. Un pansement au millimètre, d'une blancheur immaculée. Quelques injections et puis j'ai réveillé Monarque.

La main affectueusement posée sur la croupe de Monarque, j'ai conclu avec les consignes : une longue liste de prescriptions. Antibiotiques, cicatrisant, soins, etc. Aucun excès de zèle ne l'étonnait.

Il ne me restait plus qu'à établir une facture à la hauteur de tout ce cinéma. Mister Parking n'a pas bronché : il m'a tendu la moitié de sa belle liasse de billets, des grosses coupures. Ça faisait un petit pactole.

– Garde la monnaie, il a dit. T'as fait du bon boulot.

Dans son treillis de chef de la porte d'Aubervilliers, mon ami le vigile m'a raccompagné jusqu'à la sortie. Les sourcils froncés, il a scruté l'horizon avec son regard de bison futé. La zone était bien sécurisée, alors il a levé la barrière, et m'a salué, avant de taper avec son poing sur sa poitrine. J'ai tapé avec mon poing sur ma poitrine moi aussi. Ah, le « bon boulot »… Entre nous, il y avait, c'est sûr, un truc, un lien indéfectible.

C'est comme ça que je l'ai quitté, avec dans ma poche le salaire d'un dealer de la porte d'Aubervilliers.

Histoire de Gribouille

– Qu'est-ce qu'il a mon bébé ? Il a bobo à la gogorge, mon Boubouille ?

Elle s'est tournée vers son mec, son Salim, et elle a demandé :

– T'as vu, bébé ? Tu crois que ça peut faire des angines les chiens ?

– Gribouille, mes couilles ! Beuh, tu nous emmerdes pour rien, comme d'habitude ! il a répondu.

Il était 20 heures environ. Et Salim a repris sa partie de poker avec ses deux arsouilles de copains. Elle l'a regardé de travers, n'a pas osé répondre et elle s'est tue pendant une heure. Elle me regardait haleter. Nouée d'angoisse, elle était. Vers 21 heures, je toussais de plus en plus fort. Comme ça s'arrangeait pas du tout, elle a commencé à haleter elle aussi, à trembler, et à rouler des yeux. À ce moment-là, tout ce qu'elle a trouvé, c'est de fouiller dans sa boîte à pharmacie et m'a fait gober un bonbon à l'eucalyptus et une aspirine.

– Il va aller mieux mon bébé ! Il va aller mieux !

Évidemment, ça n'a pas été mieux. Sur les coups des 22 heures, j'étais carrément affalé sur le carrelage, tandis qu'elle s'agitait dans tous les sens comme pour trouver une solution. Elle criait après son mec qui continuait de jouer aux cartes : que ce genre de chose n'arrivait pas comme ça, que c'était certainement de sa faute, qu'il avait dû me donner un sale coup. Que son silence le trahissait. Que c'était du mauvais traitement. Qu'elle le poursuivrait... mais elle ne faisait toujours rien. Et le temps passait.

C'est quand j'ai vomi de la mousse blanche qu'elle a fini par prendre son téléphone.

Alors t'es arrivé, plus tard dans la nuit, avec ta grosse mallette. J'te voyais mal. J'ai d'abord cru que t'étais le plombier, avant de réaliser que c'tait à moi que tu t'intéressais. Ça d'vait être ça, un vétérinaire. Tu semblais regarder le décor et l'ambiance avec un air dépité. J'ai espéré qu't'allais sortir un tuyau et aspirer l'eau qui stagnait dans mes poumons et qui m'étouffait. Mais non. Tu m'as examiné, et puis tu t'es pincé plusieurs fois les lèvres. À la fin, tu t'es mis à parler avec une voix douce et grave à la fois. Elle, elle pleurait les larmes de son corps.

C'est à ce moment que le silence est revenu.

... MAUVAIS TRAITEMENT

Nationale 3. Terrains vagues, longues rues inhabitées. Palissades et grillages. Hangars, carcasses de béton, ruines et décharges, broussailles. Il était 22 heures. Quelque part entre Drancy et Bobigny, quelques lueurs grises zébraient le ciel, et le paysage défilait.

Autour de la nationale 3, à cet endroit, il n'y a rien qu'un désert semi-industriel, une sorte de no man's land. Personne ne semble vivre dans cette banlieue glauque, et pourtant j'avais un appel.

Dans une des rues parallèles, après un tout petit cimetière, se trouvait une station d'essence désaffectée, envahie par la végétation. La vitrine de la boutique était brisée, les murs étaient couverts de graffitis et de ronces. La petite plaque du numéro était miraculeusement intacte : 157, c'était bien là.

Il n'y avait que la lumière de la rue, et pas un bruit. Sur le côté, dans l'obscurité, un petit escalier descendait au sous-sol, comme la femme me l'avait indiqué. En descendant les marches, des cris, des vociférations me sont parvenus. Un peu de vie… J'ai frappé et les bruits se sont un peu calmés. J'ai poussé la porte.

Le plafond était bas, et la pièce embrumée de fumée. Les regards se sont tournés vers moi.

– Qui-qui c'est ce-ce-celui-là ? a demandé un des types en bégayant. C'est pou-pour l'a-ascenseur ?

J'avais ma grosse mallette. Et avec mon mètre quatre-vingt-neuf, on me dit parfois que j'ai plutôt l'air d'un plombier. Pas d'un vétérinaire.

Une dame s'est approchée pour venir me tendre la main, avec un large sourire.

– C'est le véto pour Gribouille. Entrez, docteur !

Une femme un peu ronde, blonde platine, avec de petits yeux bleus un peu tristes, une épaisse couche de maquillage, et une énorme poitrine. Elle est déjà tout essoufflée.

– Vous allez me dire que c'est pas grand-chose, mais quand même…

J'avance dans la pièce, parsemée de cartons et de cadavres de bouteilles. Au milieu, assis à la table, un Arabe au regard noir, qui joue avec un couteau. Un autre type aux cheveux longs, le visage taillé à la machette, et un grand dadais visiblement un peu simplet. Bien avinés tous les trois. Les trois hommes ont immédiatement repris leur dispute pendant que la poule tentait de m'expliquer l'histoire. Son sourire est immédiatement tombé et elle s'est rapidement mise à sangloter.

– Et c'est la première fois qu'il a du mal à respirer ? j'ai demandé, il est jamais essoufflé ? Il fait des efforts ?

– Ben, non, mais enfin pas comme ça, elle a répondu en sanglotant, non, je sais pas…

– On comprend pas ce que tu racontes ! Arrête d'chialer, a crié l'Arabe, il va te l'remettre ton Gribouille…'rrête de chialer, merde !

– On voit que c'est pas le tien.

– Arrête de chialer, j'te dis !

Elle pleurait de plus belle. De fait, je comprenais à peine ce qu'elle balbutiait, et je la faisais répéter une phrase sur deux.

Le chien, un cavalier king charles, vomissait de la mousse blanche, teintée de sang. Puis du sang en nature. Il ne fallait pas traîner : j'ai monté le chien sur un gros carton, et j'ai examiné la pauvre bête, sa gueule grande ouverte pour chercher l'air. Le souffle au cœur était énorme, et de terribles râles pulmonaires crépitaient au stéthoscope. Le pauvre chien était au stade terminal de l'œdème pulmonaire. C'était un king charles, après tout, et je n'étais pas très surpris. Mais c'était trop tard, il n'y avait plus rien à faire. J'ai pris la mine des affaires graves, et j'ai annoncé la sentence : désespérée. L'effet ne s'est pas fait pas attendre : décomposition immédiate de la grosse femme. Et puis, brutalement, il y a eu comme une décharge d'électricité qui a parcouru la pièce, quand elle a lâché un mot qui a réveillé Salim et ses deux potes : une histoire de coup de pied dans le chien. Les explications, les insultes et les cris couvraient à peine les pleurs de la grosse femme qui en voulait visiblement à son Salim.

– Il était tout seul, a dit le mec au visage taillé à la machette, c'est sûr…

– Est-ce que… t'es… un… ami ? a articulé l'Arabe avec peine.

– C'est lui c'est sûr… Salim le salaud !… Je le déteste, a hurlé la grosse femme. Sors d'ici !

– Est-ce que… t'es…

– … Tu sors !

– Moi z'ai pas vu, a dit le grand dadet, mais ze fume pas, ze bois pas…

– Je vais prendre l'air, a dit l'Arabe.

Il s'est allumé une clope, tranquillement, et il est sorti.

– … Qu'y remette pas les pieds ici ! elle a dit.

– Et zaime bien les zanimaux, a ajouté le grand dadet à mon intention, ze pourrait le prendre en pension !

Pendant ce temps, le king charles était à l'asphyxie.

– Je vous jure qu'il allait très bien ce matin !… a repris la grosse dame en s'effondrant. Je ne comprends pas !

Le pauvre chien titubait, se vidait, et je savais que ce genre d'agonie horrible, ça pouvait durer de façon insoutenable.

– Y a toujours une petite chance, elle a demandé avec un air suppliant… non ?… Y a toujours un espoir… ?

– Je n'ai aucun espoir, madame. Je vais être direct : il vaudrait mieux abréger ses souffrances, c'est mieux pour lui.

Elle pleurait et tremblait, penchée sur la petite bête et les larmes tombaient par terre et se mêlaient aux flaques de sang. Ça durait trop longtemps. Les hommes parlaient dans leur coin. Le king charles agonisait. La souffrance devenait insupportable et la grosse femme n'en finissait pas de se lamenter sur ce qu'elle allait devenir. J'ai sorti le flacon rouge de barbituriques pour accélérer les choses et mettre fin au supplice. Elle a acquiescé enfin, avec un air de m'en vouloir à moi aussi. De mon impuissance.

– Si y a rien à faire…

J'ai pris une longue aiguille et j'ai fait une intracardiaque, directement, sans tranquillisation. Il n'a rien senti. Les barbituriques ont filé dans le cœur, le corps s'est détendu, et puis le cœur s'est arrêté, une dernière expiration, et puis l'immobilité.

– C'est fini ? elle a demandé.

– Oui, c'est fini, j'ai répondu.

Un silence percé de sanglots. Une atmosphère étouffante qui se détendait un peu. On commençait à respirer. Le petit corps du cavalier king charles inerte. J'ai commencé à ranger mes affaires et c'est là qu'un dernier spasme s'est produit. Les poumons se sont emplis d'air avant de se relâcher. Avec un mouvement de mâchoires mécanique. Un réflexe. Une catastrophe. La poule a pris comme un électrochoc. La vision d'un cadavre qui bouge, le retour d'un mort vivant. Elle est repartie dans un hurlement. Je lui ai pris la main pour tenter de la calmer. Les nerfs ont craqué, elle s'est effondrée sur la chaise en larmes, tremblante. J'ai repris le stéthoscope et j'ai attendu. Silence. Plus un battement, plus une trémulation. J'ai attendu quand même encore un peu. Quelques explications pour calmer un peu l'émotion. Cette fois, c'était bien fini.

Les hommes s'étaient éclipsés discrètement. Je suis resté seul avec la grosse dame qui hoquetait sur sa chaise, le regard dans le vide.

Après avoir enveloppé le petit corps, j'ai poussé les bouteilles et la vaisselle et on a rempli les papiers sur la nappe tâchée de vinasse. La grosse femme continuait de pleurer doucement et je me demandais si elle aurait été aussi triste s'il était arrivé quelque chose à son Salim.

Sur le parking de la station désaffectée, avec le sac blanc dans les bras, où refroidissait le petit corps, la grosse dame, qui séchait ses larmes, regrettait ses mots un peu durs. La grosse dame que je serrais dans mes bras avec sa tristesse d'être là, encore plus seule, avec le petit sac blanc entre nous.

Dans le rétroviseur, j'ai vu une dernière fois sa silhouette, hébétée au milieu du parking, avec rien autour. Rien que la banlieue glauque.

Histoire d'un pigeon de province

C'était un matin d'hiver. Je venais à peine de me poser à Paris quand c'est arrivé. Après un vol d'à peine deux jours – je viens du Sud de la France – j'avais atterri directement dans un parc de l'est de la ville. Comme tous les ramiers, ce que je préfère, c'est me retrouver en bande pour passer les journées et puis trouver ensemble un grand dortoir pour la nuit. J'étais tout émoustillé à l'idée de me faire de nouveaux copains, et je m'étais discrètement incrusté dans un groupe qui prenait le soleil près d'une fontaine.

C'est vrai que je n'ai pas été très attentif. Je me rappelle seulement qu'un type s'est sournoisement approché de nous. Un grand costaud, avec un air un peu louche. Les gens qui offrent des croûtons de pain ont souvent une allure étrange, alors personne ne se méfie vraiment. Ensuite, tout a été très vite : pendant que je bataillais pour arracher quelques croûtons, j'ai senti une panique. Une ombre est passée sur nous. C'était une couverture, sans doute dissimulée par le grand costaud. En un éclair, tandis que j'entendais les autres se débattre et s'envoler tout autour, je me suis retrouvé enfermé à l'intérieur, prisonnier, seul.

Quand j'ai repris connaissance, j'étais dans une cage au fond d'une petite pièce toute carrelée, sans fenêtre. Une sorte de salle de bain avec d'autres cages comme la mienne. J'avais un bandage ridicule à la tête, mais je n'avais pas mal à la tête. Je n'avais rien. J'étais en pleine forme.

Une journée a passé comme ça, sans qu'il ne se passe rien. Le soir, le grand costaud est entré. C'était toi. Tu as jeté un coup d'œil sur moi, tu as rempli le bac à graines et puis tu as quitté la pièce sans un mot.

Au bout de quelques jours comme ça, tu es venu, accompagné d'un autre homme avec un bonnet gris et des grands yeux noirs. L'homme s'est approché, apparemment ému. Il m'a regardé longuement, le regard un peu perdu, puis il a sorti un chapelet et a fait quelques prières dans une langue bizarre. Puis ils m'ont emporté dans une petite cour, et tu as ouvert la porte de la cage. Alors je me suis envolé par la fenêtre.

Je n'ai jamais eu d'explication. Bien sûr, j'ai quitté la région. Et je n'ai plus jamais remis les ailes dans cette ville de dingues.

… LE PIGEON DE L'HISTOIRE

20e arrondissement. Rue de Montreuil. Pour un pigeon…

Une cour pavée. Un immeuble pouilleux avec une odeur de moisi dans l'escalier, mêlée à des vapeurs de cuisine. C'était pile l'heure du dîner. Dernier étage. Des murs de plus en plus fissurés. Comment tient-il debout cet immeuble ? Porte au fond du couloir. Un pigeon de la rue en plus !...J'ai poussé la porte entrouverte, en pensant : je déteste les pigeons.

C'était une chambre de bonne, sous mansarde : un réduit de dix mètres carrés maximum, quelque chose entre le taudis et le placard. Une ampoule au plafond. À l'entrée, derrière la porte, un type d'une soixantaine d'années avec un bonnet gris était assis, se balançant d'avant en arrière sur une chaise. Il ânonnait je ne sais quelle prière en égrainant une espèce de chapelet. Complètement absorbé par cette occupation, le type s'est à peine interrompu et m'a sobrement fait signe que le pigeon était là, dans l'ombre, sur la chaise.

Je me suis approché, sans un mot. Sur la chaise, en effet, au milieu d'un cercle de petites bougies, comme dans un rituel mortuaire, gisait un pigeon, inerte. Je l'ai saisi pour l'examiner, mais c'était très vite vu : pas un souffle de vie. L'oiseau était mort et bien mort. Froid.

L'homme continuait de prier, d'ânonner, de se balancer comme un autiste. Il semblait se désintéresser de moi. Autour de nous, le décor un peu sombre tenait à la fois de la chapelle et du bazar : une minuscule pièce remplie de grigris, d'encens qui fument, de bouddhas clignotants, de chapelets, d'icônes bariolées, de diplômes de Jehovah, de tantras. Sa couche était un matelas miteux dressé contre le mur. Un petit vasistas pour seule ouverture sur l'extérieur.

Je le regardais, absorbé nerveusement dans ses prières, courbé, les yeux entrouverts. Une bonne soixantaine. Il ne me voyait pas, tout au maniement de son rosaire en ivoire, et à ses imprécations. Ce type survivait là-dedans sans doute à force de prières et de foi.

J'ai attendu avec respect une pause dans la prière. Je sentais que l'annonce allait être douloureuse.

– Monsieur… (*il prie*) je suis désolé, monsieur, mais… *(il prie encore)* il est mort, monsieur. (*Il prie toujours*) Vous m'entendez ? IL EST MORT, C'EST FINI. JE NE PEUX PLUS RIEN FAIRE !

– Chut !

– MONSIEUR SILBERG !

– Hein ?… pas trop fort !

Le regard fou, éperdu.

– Je vous dis que…

– Il respire toutes les cinq minutes… Environ. Patience !

Je n'ai pas insisté.

– De la patience…, il répétait. C'est une sorte de coma. S'il est dans le coma, on dirait qu'il est mort ! Dans le coma, il faut lui parler, hein ?…

– Ça fait plus de dix minutes, monsieur Silberg.

– Ah ! Vous, vous savez compter, il m'a répondu, mais vous ne savez pas tout !

Théoriquement, je n'avais plus rien à faire là. Rien à dire. Même pas lui faire payer le déplacement. Mais ce n'était pas fini. Cela commençait. Il m'a vivement attrapé par le bras, au moment où je me levais, avec une force et une détermination irrésistible.

– Vous sentez ? il m'a demandé, est-ce que vous sentez comme moi ? Moi je vois ! Attendez… !

Et là, il a saisi le cadavre du pigeon, il l'a approché de son visage et puis l'instant d'après, il a commencé à lui souffler dans la gueule frénétiquement. Trois fois, quatre fois… C'était un bouche-à-bouche, ou à-bec, aussi désespéré que pathétique. J'observais la scène, partagé entre l'envie d'intervenir – mais pourquoi ? – et la curiosité de voir la suite. Effectivement, ce n'était pas fini : sans se démonter du peu de résultat de ce bouche-à-bec, il a attrapé une boîte de raviolis qui traînait par là, près du verre avec la brosse à dents, et il s'est mis à le gaver de sauce de ravioli. Puis il lui a nettoyé la gueule, et s'est remis à lui souffler dans le bec. Il s'est interrompu pour se tourner vers moi.

– Il a respiré, il a dit, vous avez vu ? Il respire !

Je restais bouche bée. Il n'y avait rien à voir. Mais il y croyait si fort qu'il a remis ça. Plusieurs fois. Et je restais là absorbé dans la contemplation du phénomène tragi-comique. Après un nouveau bouche-à-bec (au goût de ravioli), il s'est mis à le masser énergiquement au niveau du poitrail, puis a ralenti petit à petit, et a continué mécaniquement, sans conviction, le regard dans le vide, et alors il s'est mis à pleurer doucement.

– Il respire plus… ? Il a bredouillé, paniqué.

– Ne vous affolez pas, j'ai dit. Attendez.

– Je l'entends ! il a murmuré alors, il me parle !

– Comment !? Qui ?

– Je l'entends… Il doit avoir quelque chose à me dire.

– … ?

– … Mais il faut le libérer, libérer son âme…

Il s'est ressaisi et s'est remis au massage du pigeon. Entre ses sanglots, il tenait un langage à peine compréhensible qui laissait entendre une histoire avec son fils. Il entendait la voix de son fils. Une histoire de dates qui tombait juste ce jour-là. Quelque chose sur la conscience. Le pigeon, le fils mort, la vie, l'âme. La réincarnation peut-être, bien qu'il n'ait pas prononcé ce mot. Et moi. Forcément aujourd'hui ça tombait sur moi. Moi qui n'ai aucune sympathie pour les pigeons, encore moins pour les grigris et les bondieuseries. Mais alors, qu'est-ce que je faisais dans cette histoire ?

Le pauvre vieux a regardé son pigeon. Et il a repris ses chapelets. Le pigeon, le fils…, dans son délire, je pouvais seulement comprendre qu'il était prêt à entendre n'importe quoi, pourvu qu'on lui rende son pigeon, donc son fils. Élémentaire.

Il était peut-être temps de s'éclipser et de laisser cette situation comme cela, le type et son cadavre de pigeon. Il finirait par se faire une raison, tout seul. Je m'apprêtais à ranger mes affaires lorsqu'il a murmuré :

– Donc vous ne pouvez rien faire pour moi ?

Que répondre ? J'ai regardé encore une fois autour de moi. Les statuettes, les pierres, les encens, les diplômes, les mantras… Tout ce qui pouvait se faire de spirituel, de surnaturel et de superstitieux était là, et je me demandai ce qui amenait un homme à s'entourer de tant de fétiches et d'idoles. Je ne savais rien de lui, mais je pouvais penser qu'il était sans doute prêt à croire tout ce qui pourrait le consoler. Alors évidemment, comme vétérinaire, je ne pouvais plus rien pour le pigeon. Mais pour autant, n'y avait-il vraiment plus rien à faire pour cet homme ?

À y réfléchir, il ne fallait qu'un petit coup de pouce et un peu d'imagination. Et avec un peu de bonne volonté, il y avait bien quelque chose à faire.

Soigner un pigeon n'est pas chose facile. Un pigeon malade, c'est un pigeon qui s'arrête de manger et meurt. Ressusciter un pigeon par contre, c'est beaucoup moins compliqué. La technique peut se résumer ainsi : d'abord examiner, puis ré-examiner le pigeon, entrevoir un souffle de vie, une lueur d'espoir. Puis emmener le pigeon avec mille précautions, l'hospitaliser dans une belle cage. Deuxièmement, capturer un pigeon, bien vivant celui-là, avec un petit air de famille de préférence. Le mettre KO, mais pas trop, puis le mettre sous perfusion à la place de l'autre, avec un beau pansement de grand blessé, une goutte de sang. Troisièmement : faire venir le papa du pigeon, reprendre espoir avec lui, attendre quelques jours de convalescence, annoncer la guérison.

Il semblait plutôt content M. Silberg. Un peu étonné, mais quand même content. Il n'a posé aucune question médicale, par contre il voulait savoir si on avait une idée de son âge et combien de temps il allait vivre.

– Longtemps, j'ai répondu. Vous voyez comme c'est coriace un pigeon, increvable même ! Votre fils on peut dire qu'il en a eu de la chance…

Enfin, le jour est venu d'assister à l'envol de la bête. Avant d'ouvrir la cage, il fallait allumer un peu d'encens. Puis au moment de lâcher du pigeon, il a tenu à réciter quelques mantras. J'ai croisé les mains sur ma poitrine en regardant le bout de mes chaussures avec un air profond. Puis il a embrassé le miraculé, et il a versé une larme en le regardant s'envoler. Il était en pleine forme ce pigeon.

Finalement M. Silberg m'a remercié chaleureusement. Il m'a longuement serré la main, ému. Je l'ai regardé mettre son pauvre manteau râpé et s'éloigner. Il répétait cette phrase en marmonnant :

– Une ville de dingues, c'est vraiment une ville de dingues…

Histoire d'Achille

– Mon pauvre Achille, t'es comme moi : t'en as plus pour très longtemps…

Achille, c'est moi. Caniche de 15 ans et quelques dents.

Et celle qui prononce cette indélicatesse à mon endroit, c'est elle : Madame Hausmann, 93 ans passés, espèce de vieille mégère irascible et misanthrope.

Comment avons-nous pu en arriver là ? Qui m'expliquera quelle terrible dépravation nous a conduits chez les mamies ? Pourquoi caniche est-il devenu synonyme de chien-chien à sa mémère ? Personne ne se rappelle aujourd'hui quels brillants chasseurs nous étions, quel odorat exceptionnel nous avions. Alors voilà, au lieu de m'emmener chasser le faisan et la caille, on me traîne du salon au toilettage, où j'exhibe ce manteau à carreaux de bouffon et cette houppette ridicule.

J'ai honte, et même s'il me reste peu de temps, je m'accroche. Le miracle serait que cette vieille bique parte avant moi. Elle prend autant de pilules que moi, se traîne d'une pièce à l'autre de l'appartement en gémissant, et tutoie la mort chaque nuit. Et pourtant, je sais pertinemment qu'elle ne va pas lâcher le morceau comme ça. Qu'elle va s'accrocher.

La vieille bique fera tout pour me choyer, me chouchouter. Pour me prolonger. Car je suis la vie, je suis sa vie. Elle n'est pas folle, cette garce : elle sait très bien qu'après moi, ce sera son tour.

… LA SEULE PERSONNE QUI M'AIT JAMAIS AIMÉE

Rue du Faubourg-Saint-Honoré, 8e arrondissement. J'arrive au septième étage d'un immeuble haussmannien de grand standing. Une ombre m'entrouvre la porte.

– Vous êtes le vétérinaire ?

– C'est moi.

Elle parle tout bas, prend mon manteau avec des gestes précautionneux. L'accueil des veillées funèbres doit ressembler à peu près à cela.

– Si vous voulez bien me suivre…

La dame de compagnie – c'est ainsi qu'elle s'est présentée – me précède à travers un couloir étroit et sombre qui n'en finit pas. Tapisseries d'époque, tapis râpés, boiseries, trophées de chasse empaillés, souvenirs coloniaux : ici on entretient le passé. La dame de compagnie me retient un instant avant d'arriver au bout de ce dédale et me glisse d'un air complice :

– Il ne faudrait pas que… (*avec une moue explicite*) Le précédent, elle l'aimait tellement qu'elle a gardé le cadavre quinze jours dans le congélateur avant de le faire incinérer.

Il y a de la trahison là-dedans, un peu de rancœur même, mais le message a le mérite d'être clair.

Nous entrons dans un vaste salon où siège la maîtresse des lieux. Une femme que je perçois d'abord comme un élément du décor, immobile et figée dans son fauteuil Louis XV, mais qui se lève lentement pour me saluer.

– Madame Hausmann, asseyez-vous docteur, je vous prie.

Un accent allemand, une poignée de main ferme et fragile à la fois. Le regard fixe planté dans un masque qui tremble. Chargé de méfiance, d'exigence sévère. Quelque chose d'inquiétant, entre le juge et l'oiseau crochu. À ses pieds, un vieux caniche avec une petite houppette plutôt comique.

– Vous êtes le vétérinaire ?

– Tout à fait, madame.

Elle me dévisage, sceptique, et insiste :

– Vous êtes vraiment vétérinaire ?

Il me faut une certaine retenue pour garder mon calme et lui confirmer une seconde fois. Elle semble hésiter encore, mais entame la présentation :

– Je vous ai fait venir pour mon petit chien de 15 ans, qui souffre – depuis plusieurs années déjà – du cœur, et encore quelques autres petits soucis…

Un sourire crispé passe sur son visage. Son visage et son corps qui s'agitent d'incessantes et minuscules secousses. Beaucoup de tenue. Trop. Le terrain est plutôt hostile, la carapace épaisse, mais je devine une faille, dans laquelle je m'engage :

– Was ist seine Name? je demande en allemand *(Quel est son nom ?)*.

– Ah, Sie sprechen deutsch? *(Vous parlez allemand ?)*.

– Ein bisschen *(Un peu)*.

– Er heisst Achille *(Il s'appelle Achille)*.

Elle poursuit dans sa langue, me félicite pour mon accent. Je fais appel à quelques lointains souvenirs d'allemand, et nous échangeons quelques banalités. Et c'est gagné : l'armure tombe un peu.

L'examen du caniche est terrible : cardiaque, incontinent, cachectique, dyspnéique, déshydraté, bref plus rien ne marche vraiment. On est bien loin de sa probable splendeur passée. D'autant que la médecine est déjà passée par là : Achille ne tient la tête hors de l'eau que grâce à une panoplie pharmaceutique complète. Cinq comprimés par jour, pour le cœur, les vaisseaux, la tête, les reins et l'arthrose. « Quelques petits soucis »…

Stéthoscope sur les oreilles, le diagnostic est immédiat et sans appel : l'œdème aigu du poumon, crépitant, le dernier stade du souffle au cœur. La vieille pompe percée n'est plus très loin de la démission. Mais il se bat, le petit cœur, il persiste. Il exécute avec persévérance la tâche pour laquelle il est fait.

La mine absorbée. Semblant d'écouter, de revérifier, d'interroger le plafond, le parquet, encore un petit coup au plafond, un froncement de sourcil, un pincement de lèvres. Je peux rester des minutes entières à écouter un cœur. J'écoute toujours avec fascination cet organe qui semble résister au temps malgré tout, comme une horloge qui ne vous trahit jamais, ou alors une seule fois, au dernier moment. L'obsession du mouvement. Toute l'essence de la vie. Mais je connais le scénario : un jour, l'infatigable pompe commence à montrer un petit signe de faiblesse, parce qu'une misérable fuite, parce qu'un minuscule petit défaut de valvule est apparu entre l'oreillette et le ventricule gauches. Le petit cœur un peu dépassé se met alors à envoyer le sang comme il peut, malgré la fuite. Panique à la salle des machines : c'est l'insuffisance respiratoire. La médecine arrive à temps : on prescrit les diurétiques et les vasodilatateurs quotidiens afin de soulager le système. Mais à l'étape suivante, quand la fuite s'aggrave encore, la médecine touche ses limites.

Et aujourd'hui, malgré les diurétiques, les vasodilatateurs, Achille peine, et la marge thérapeutique est plus que réduite. Le pauvre chou a déjà perdu le contrôle de son sphincter urinaire *(lui qu'était si propre, qui n'aurait jamais, jamais...)*, et vidange toute la journée sur la moquette, les tapis, et la nuit dans les draps de soie de la vieille rombière qui s'endort dans une terrible odeur de pisse.

C'était l'heure de vérité. Qu'allais-je lui dire ? Mme Hausmann se veut digne, mais si la santé d'Achille est vacillante, la sienne l'est au moins tout autant. Ma nature profonde ne m'inclinait pas vraiment aux petits arrangements. À mes débuts, il y a plus de vingt ans, j'aurais plutôt eu tendance à dire la vérité. Dans ces situations critiques, j'expliquais, je parlais des chances et des risques, je m'échinais, avec autant de doigté et de délicatesse que possible, à ne pas cacher la dureté des faits. Je détaillais les nuances des possibles et des incertitudes et le chemin précis et parfois lent par lequel la médecine arrive à un diagnostic et un pronostic.

Les expériences m'avaient appris que dans ces situations dramatiques, la franchise est rarement la bienvenue. Et Mme Hausmann me semblait elle aussi trop mal en point pour entendre de mauvaises nouvelles qui feraient immanquablement écho à sa propre condition. Dans ces moments-là, il n'y avait qu'une chose à dire, une seule : ce que celui qui souffre veut bien entendre. Car dans ces moments-là, je le sais désormais, le courage est rare, et la raison n'est plus rien. La peur est tout.

Dernier regard au plafond. Immobilisation, mouvement, puis la grande inspiration en enlevant le stétho. Manque d'inspiration. Expiration. Hochement de tête. Je ne dis rien, elle n'en peut plus. Ça y est, elle va le dire.

– Alors ? Il est pas très en forme, hein ? Si ?

Elle a baissé d'un ton. Une question presque affirmative. Une affirmation qui penche vers l'interrogation. Elle est touchante, car elle le sait pertinemment qu'il est au bout du rouleau.

– Je préférerais que ce soit moi, vous savez, elle ajoute, je ne supporte pas de le voir comme ça.

Je sens comme une négociation qui commence. On va donc y aller doucement : un peu de silence les yeux dans les yeux, de respiration. Puis quelques généralités sur un ton posé, et enfin une petite descente progressive dans les graves. Quelques évidences. Elle sait bien, oui elle sait bien. Mais enfin elle ne lui survivrait pas, il ne faut pas qu'il parte. Il ne faut pas.

Je n'insiste pas. Elle sait. Elle veut de l'espoir. Je lui en donne. De l'empathie. En voilà. La confiance puis l'abandon, ça y est : elle n'est plus seule, la médecine va tout arranger, tout est possible. Elle tremble, elle respire enfin.

Quelques injections. Et puis le règlement. En espèces.

Billets de bas de laine. Je proteste pour la forme. Elle me prend la main maintenant : aux honoraires elle rallonge un pourboire exorbitant.

– So bin ich sicher, me dit-elle *(Comme ça, je suis sûre…).*

Sûre, dit-elle, mais elle ne dit pas de quoi. De me revoir ? Sans doute ai-je été assez convaincant, car ça y est, elle ne veut plus que moi. C'est la révélation : je suis le sauveur, dit-elle. Au moment de partir, elle me serre et me tient encore la main pendant dix longues secondes, les yeux dans les yeux, des fois que je n'aurais pas compris. Marché conclu.

À moins d'être un assassin, personne ne peut dire non à cela.

*

Comme prévu, je repasse le lendemain pour le suivi. Elle me demande la bise. Timide.

– Vous pouvez bien m'accorder ça, quel âge avez-vous ?… Je pourrais être votre grand-mère, non ?

Et les jours ont passé. Pendant trois semaines, je suis donc venu, presque tous les soirs, avant de commencer ma nuit. Je croisais la dame de compagnie éreintée, qui finissait sa journée. Achille s'accrochait, se maintenant tant bien que mal, et c'était la santé de sa maîtresse qui déclinait le plus rapidement, de jour en jour. Elle me recevait désormais dans son lit, dont elle ne sortait quasiment plus. Et j'observais sa dégradation physique avec angoisse.

Et puis un jour, au milieu de la quatrième semaine de soins, Mme Hausmann m'a appelé expressément.

– C'est « fini », me dit-elle laconiquement. Venez. Il faut que je vous parle.

Je me suis immédiatement rendu à son domicile, elle m'attendait dans son lit. Elle m'a sobrement salué avant de demander à sa dame de compagnie de nous laisser. Enfin, après un silence lourd, elle a pris la parole sur un ton solennel :

– Asseyez-vous, docteur, c'est important, aussi je vais être directe. Il faut être lucide, je n'en ai plus pour longtemps, n'est-ce pas. Mais comme vous le savez, je vis le martyr. Je ne veux pas finir dans un de ces mouroirs, je resterai ici jusqu'au bout. Et je ne vais pas tourner autour du pot, docteur, je partirai avant que la mort vienne me chercher, et je veux qu'on m'aide à partir.

J'acquiesce en silence. Elle poursuit :

– Vous le savez mieux que moi, les animaux ont un privilège énorme de pouvoir partir avant de souffrir et de tout regretter. Cela étant dit, j'en viens à ce qui vous concerne : je ne doute pas qu'un vétérinaire est habitué à effectuer ce geste. Et qu'il a certainement assez de sang-froid, et peut-être de courage pour le faire à un être humain qui souffre le martyr. Je ne veux pas perdre ma dignité, docteur. Et je ne peux compter ni sur ma famille, ni sur mon médecin. Pensez bien que si je vous parle ainsi, c'est que je ne vois pas de solution, et que j'ai très peur.

J'avais le ventre serré. Pendant plusieurs minutes, nous sommes restés silencieux. J'essayais de réfléchir calmement. Je connaissais bien son état, et j'étais conscient de ses souffrances. Aussi exceptionnelle et émouvante que fut sa demande, venant d'elle, elle ne me surprenait pas totalement. Mais après ? Concrètement, bien sûr, j'avais les barbituriques et tout ce qu'il fallait pour répondre à son attente. Certes j'étais en mesure de le faire.

Je ne la connaissais qu'à peine. C'était peut-être une des explications de sa demande, mais c'était aussi ce qui me plaçait dans une situation très fragile, bien sûr. J'ai répondu que je devais y réfléchir, et qu'elle-même devait penser à une autre solution. Je temporisais. Dans l'immédiat, j'étais incapable d'envisager ce qu'elle me demandait, comme une supplication.

Quelques jours plus tard, elle m'a appelé de nouveau, pour me dire qu'il fallait prendre une décision, mais il s'agissait d'Achille cette fois. Après avoir longtemps frôlé l'abandon, le caniche jetait l'éponge, et commençait à s'éteindre en geignant péniblement. Le moment était venu, et Mme Hausmann avait compris, sans qu'il n'y ait besoin de discussion supplémentaire : les prolongations étaient terminées.

L'euthanasie s'est bien passée. Mettant fin à quinze années de bons et loyaux services, le petit cœur a battu ses dernières pulsations, puis s'est arrêté net après un soupir. Elle n'a pas versé une larme.

La vieille dame s'est résignée à l'incinération. Je me suis déplacé une dernière fois pour la réception des cendres, après le passage du postier, pour la consoler. Je trouvais quant à moi qu'il ne fallait pas mettre l'urne à la place de la photo de son défunt mari, que ça n'était pas… correct. Elle a concédé que j'avais raison, et puis elle a contemplé la photo du chien et son visage s'est soudain assombri. Enfin, dans un hoquet, elle a eu ces mots :

– Vous savez, dans le fond, je crois que C'EST LA SEULE PERSONNE QUI M'AIT JAMAIS VRAIMENT AIMÉE…

– Vous exagérez, j'ai dit tout bas.

– … D'ailleurs, je ne lui survivrai pas.

Nous nous sommes quittés et je ne l'ai jamais revue. La dame de compagnie m'a appelé trois jours plus tard pour m'informer du décès de sa patronne.

Histoire de Volga

Les Afghans n'aiment pas recevoir d'ordres. Les lévriers afghans ne dérogent pas à la règle. La légende raconte que les lévriers afghans étaient les représentants de l'espèce canine sur l'Arche de Noé. Nous nous passons l'anecdote de génération en génération, cela entretient notre sentiment de supériorité de droit divin.

Cette résistance à toute forme de domination ou de dressage, c'est quelque chose que Mme Alinovitch n'a jamais compris. Je peux dire qu'elle en a fait venir des éducateurs, des dresseurs, redresseurs, comportementalistes, et j'en passe. Je n'ai pas la parole, alors comment lui expliquer ? Elle ne voit pas de quel côté de la laisse est le problème.

Votre force, à vous, les vétérinaires, c'est cette capacité que vous avez à vous adapter à toutes les espèces. Vous passez de la jument à la souris, en passant par le chat, la tortue ou la perruche... Finalement, vous adapter à l'espèce humaine, pour vous, ce n'est pas bien sorcier...

... LE SORCIER

L'interphone du portail grésille :

– Mme Alinovitch vous attend. Si vous voulez bien avancer votre véhicule.

Neuilly-sur-Seine, vers minuit, dans l'une de ces larges avenues paisibles, loin de la trépidante circulation parisienne. Au 59, derrière un grand portail de bois et un épais rideau de peupliers, se cache un manoir entouré d'un parc somptueux. J'avance ma voiture jusqu'au bout de l'allée, pour la garer près d'une Rolls blanche qui resplendit dans la nuit. Un domestique vient me chercher et me précède dans les couloirs du manoir, jusqu'à madame, qui m'attend dans le petit salon. C'est une grande brune, élancée, la quarantaine. Elle traverse la pièce d'un pas décidé et vient me serrer énergiquement la main. Une magnifique femelle lévrier afghan à robe claire la suit au pied.

– Je m'en veux de vous faire déranger si tard, docteur.

Une voix assurée, ferme et sensuelle à la fois.

– Je vous en prie, madame. Je vous écoute, que se passe-t-il, et depuis quand ?

Je parle avec une autre voix, un peu précieuse, faisant attention à mon élocution.

– Voici Volga, qui a cinq ans et demi. Mon ex-mari me l'a ramenée d'Égypte.

J'écoute tout en sortant mes instruments. Histoire singulière, mais rien d'extraordinaire, rien jusqu'à ce détail, là, sur la table basse en marbre : soudain je vois, dressé au milieu comme un cierge de Pâques, un gros phallus rouge en céramique avec un beau gland rose, et des testicules glabres. Au moins vingt centimètres de haut. La châtelaine a forcément dû remarquer mon regard étonné, mais elle ne m'a pas laissé le temps d'y réfléchir.

– Ce qui m'inquiète, dit-elle – d'une voix où ne paraît aucune inquiétude – c'est que Volga ne se couche pas. D'ailleurs, elle porte la queue très basse, vous voyez ? Et elle ne se couche pas. Quand elle veut se coucher, elle a un petit aboiement qui fait mal au cœur. Je vais vous montrer : Couche-toi Volga, couchée !

Le lévrier afghan ne bronche pas.

– Vous voyez, docteur ? C'est curieux ! C'est une chienne très obéissante habituellement.

– Hmm.

Elle réessaye, sans succès. Volga nous observe tranquillement, immobile. Elle appuie alors sur son bassin pour tenter de l'asseoir : rien.

– Je suis certaine que c'est son dos qui la gêne, ajoute-t-elle. Je le sens bien, je sais ce que c'est.

Volga se déhanche avec la grâce d'une demoiselle. J'ai quand même examiné, palpé, manipulé le lévrier sous toutes les coutures, mais Volga me semble vraiment en pleine forme. En somme, elle n'a pas de problème, mais… elle ne se couche pas. Le lévrier remue la queue d'aise, et je crois même deviner comme une pointe d'ironie dans son regard. J'hésite, puis je refais un examen complet. Rien. Je commence à croire à une lubie de la maîtresse.

– Désirez-vous quelque chose à boire, docteur ? Puis-je vous proposer un verre de vin ?

Désir. Elle a dit désir.

J'ai accepté. Elle n'a eu qu'un discret signe de la main, et le personnel s'est mis en action. Mme Alinovitch n'est pas le genre de femme que l'on contredit. Il faut respecter le sens du poil.

– Très bien, j'ai dit, je vois.

Le domestique nous a servi un Château-Latour 93 et nous avons trinqué. Le vin était délicieux.

Mme Alinovitch a posé son verre et attendait tout de même que je passe à l'action : il était temps de trancher. Il n'y avait plus de place pour l'hésitation ou la nuance.

« Volga ne se couche pas. » Et « c'est le dos qui la gêne » (Mme Alinovitch le sent). Voilà les faits. Il n'était pas question de les discuter : il ne restait qu'à souligner la justesse de l'intuition, confirmer et préciser le diagnostic. Ensuite, il faudra bien que Volga se couche…

J'ai pris une seconde rasade, et une grande inspiration.

– Vous aviez raison, j'ai dit. Tout juste une petite compression médullaire… Là, entre les vertèbres L1 et L2.

– Ah, j'avais raison ! conclue-t-elle, déjà soulagée. Alors… ?

Il convenait d'aborder le traitement avec élégance. Mes mains se sont posées savantes sur les lombaires de Volga. Je n'avais qu'une seconde pour réfléchir. Mme Alinovitch était sans doute ce genre de personne que la morne réalité devait ennuyer. Que de simples réponses scientifiques n'intéressaient pas. Il me fallait une matière atypique. De l'ostéopathie, ou mieux encore, du *shiatsu*. Bien sûr, elle en a vaguement entendu parler.

J'explique avoir acquis quelques notions auprès d'un masseur vietnamien que j'applique aux animaux de compagnie.

– Ce qu'il faut c'est rééquilibrer les énergies, j'ai dit, vous voyez ?

Elle voit carrément. Elle acquiesce, elle ratifie, elle valide.

– Et quand va-t-elle se coucher, docteur ?

Cette fois la question est précise, mais il demeure un soupçon de trouble, quelque chose de flottant dans son regard, comme un jeu. J'improvise :

– Je la prépare. Ça ne devrait pas tarder, mais il lui manque un petit… déclic !

– Quel déclic ?

– Je suis convaincu qu'elle est perturbée par quelque chose, que j'identifie mal, mais qui la retient. Je sens que ça ne va pas tarder à se débloquer. Il suffit souvent de peu de chose.

Elle semble à la fois surprise, mais assez contente de cette explication. Mon espoir est que Volga veuille bien se coucher avant mon départ. Après quelques massages et gesticulations complémentaires, sans oublier une petite injection de corticoïdes de précaution, un domestique m'indique le lieu des ablutions. C'est là que j'ai trouvé la suite logique du phallus rouge de la table du salon : le mur de la salle de bain était garni de photos pornos, *Penthouse* et *Play-boy*, magnifiques clichés de filles les jambes écartées, poitrines offertes, le sexe nu, exhibé en plein soleil. Photos encadrées, sous verre. La classe.

Je jouissais de ce paysage inattendu tout en me lavant les mains, quand j'ai entendu sa voix un peu nonchalante :

– Dites-moi, docteur, si je comprends bien, vous vous occupez aussi bien des gens que des animaux... Serait-ce trop vous demander... Vous savez, comme on dit parfois, les maîtres sont parfois plus malades que les animaux, vous demander de bien vouloir m'examiner également... ?

L'imposteur a sursauté en moi.

– Pardon ? j'ai balbutié en revenant au petit salon.

– J'ai un mal chronique dans le bas du dos, une douleur qui ne passe pas, quand je me tourne dans ce sens-là.

Le temps de le dire, elle avait enlevé son chemisier et elle était assise à califourchon sur une des chaises Louis-Philippe.

– C'est là, en bas du dos.

– Ah...

D'abord, je n'ai eu que ce mot : ah. Les yeux écarquillés, cherchant bêtement le mal, en tentant laborieusement de me ressaisir. À ce moment-là, la réponse la plus stupide, la première et la dernière chose à dire, aurait été : « Je ne suis pas médecin. Je ne suis que »... Mais là non, impossible de dire non, de revenir en arrière. Je me suis gratté la nuque comme on fait dans n'importe quelle situation de ce genre, et une phrase d'un professeur d'anatomie m'a miraculeusement traversé l'esprit : « Les vétérinaires sont supérieurs aux médecins, parce qu'ils savent soigner beaucoup plus d'espèces. » Il voulait dire que nous savons nous adapter à toutes les espèces...

Il ne pensait sans doute pas aux effets secondaires que cette petite phrase aurait un jour chez l'un de ses étudiants.

– Très bien, j'ai dit, nous allons voir…

Les mots sont sortis comme ça, d'un ton professionnel et sensuel à la fois. J'ai fermé les yeux, avec un léger signe d'approbation. Je me suis approché, les yeux rivés sur son dos, mû par cette extraordinaire capacité à m'adapter à la nouvelle espèce qui se présentait à moi. Mes mains ont alors improvisé un examen méticuleux, tâtonnant, cherchant le mal. Ma patiente était docile : elle ne mordait pas, ne grognait pas, pas même un début de ronronnement. Elle ne disait mot, tandis qu'à l'autre coin du salon, le lévrier nous contemplait, toujours debout, avec une sorte de flegme habitué.

– Vous êtes très doué, me dit-elle, ça se sent bien.

Mes mains parviennent au-dessus de son épaule, redescendent à sa taille, le massage ressemble désormais à une caresse. Elle ôte délicatement son soutien-gorge. Et je crois un instant que l'heure est venue.

Mes mains arrivent autour de son cou, redescendent doucement, et là, elle se tend soudain :

– Oui là, ne bougez plus, appuyez là, oui ! Oui !

J'appuie, je masse. Je ne peux dire ce que je fais à ce moment-là, je le jure, mais soudain elle émet un petit cri :

– Ouiiii !

C'est comme un cri de libération, et de plaisir, suivi d'un soupir de soulagement. Ni elle ni moi n'avons le temps de nous étonner : soudain, à ce moment-là, Volga émet un puissant aboiement, et se couche.

– Oh regardez, dit-elle surprise, tiens !

Elle se lève, seins nus, et s'approche de Volga.

– Regardez, docteur ! Comment avez-vous fait ? C'est le déclic, c'est ça ?

Elle se jette sur la chienne, la caresse, l'étreint.

– C'est très impressionnant ! Tu te couches maintenant, Volga ? Tu te couches ? Tu vas bien ? C'est incroyable, docteur, vous êtes un sorcier !

Je n'ai pas voulu la contredire.

Le ton était chaleureux et amical. Légère, elle a remis son chemisier. Et j'ai remis mes désirs dans ma poche.

– Vous savez, docteur, j'ai eu tout de suite confiance en vous. Vous êtes sérieux. Et compétent !

Il se faisait soudain extrêmement tard pour Mme Alinovitch. Elle m'a très sincèrement remercié, me laissant courtoisement comprendre que ma mission étant accomplie, j'étais libre de disposer.

Absolument impassible, le majordome m'a réglé mes honoraires avant de me raccompagner. Deux minutes plus tard, il était 1 heure du matin, je sortais de la propriété et quittais Neuilly-sur-Seine en direction de ma prochaine visite.

Histoire de Yasmine

Imaginez que la belle saison soit arrivée.

Imaginez que votre corps ne vous appartienne plus. Qu'il soit agité de soubresauts, et que vous vous frottiez contre tout ce qui passe.

Imaginez que vous guettiez tout ce qui pourrait ressembler à un mâle. Que vous en perdiez le sommeil.

Imaginez que ce supplice s'interrompe et revienne presque toutes les semaines.

Imaginez tout cela. Si vous étiez une chatte, c'est exactement ce qui vous arriverait, à chaque belle saison.

Il n'y a rien à faire à cela, nous n'y pouvons rien. Ce supplice, c'est l'ordre naturel des choses, c'est la vie. Les sentiments n'ont rien à voir là-dedans, ni même le désir. La volonté n'y peut rien non plus, je vous le promets, elle n'y peut strictement rien.

Si ça vous arrivait, vous verriez que la nécessité est aveugle, et que le premier venu fait l'affaire. Ah, on ne minaude pas, on ne regarde pas s'il nous plaît, s'il est viril, ou s'il est tendre, s'il a ses papiers de vaccination en règle ou s'il a fait sa toilette. Dans ces moments-là, n'importe quel matou est bon pour le service, n'importe quel pouilleux, pourvu qu'il vienne, équipé de cet organe protubérant conçu pour nous pénétrer et nous chatouiller le vagin. Oui le vagin.

Vous l'ignorez sans doute, mais chez nous, les chattes, l'ovulation n'est pas automatique et mensuelle, comme chez les humains. Elle survient seulement en cas de rapport. Elle est « provoquée », dit-on. C'est une simple affaire de stimulation vaginale : de son pénis, le mâle titille les récepteurs du fond de notre vagin, déclenchant une ovulation. Alors les hormones basculent, les chaleurs s'arrêtent. Et on se calme. Spermatozoïde ou pas. C'est mécanique. Autrement dit, pour le supplice, un bon instrument ferait aussi bien l'affaire.

… ON N'EST PAS DES BÊTES

Les gens appelaient paniqués : elle hurle à la mort, elle se roule par terre, ou elle se tient d'une façon bizarre avec son dos, elle se frotte partout, elle se contorsionne dans tous les sens. Une dame m'a dit que sa chatte était en train de mourir. Ils n'ont jamais vu une chatte en chaleur. Mais comment imaginer ? Au téléphone, j'ai beau dire et répéter, les gens n'y croient pas. Ce n'est pas possible. Ils préfèrent être sûrs.

Je me déplace donc pour une chatte soi-disant mourante, et à l'arrivée, je trouve une adorable petite chatte de huit ou neuf mois, en pleine forme. Une chatte qui sort à peine de sa puberté et sous la poussée hormonale vit cette expérience unique : les premières chaleurs. Un besoin impérieux de satisfaire la nature. Un désir nymphomaniaque du mâle qu'elle attend et réclame comme une délivrance. Le désir ressemble alors à une maladie : roulements par terre et contorsions insensées, gémissements et miaulements déchirants. Un martyr infligé par la loi de la nature dont le seul but est de mener inflexiblement chaque individu à la reproduction. Pourtant il suffirait de pas grand-chose. Même pas un mâle.

Je ne me prive jamais d'aborder le coup du coton-tige. Un vieux truc aussi gênant qu'efficace pour abuser et soulager une chatte en chaleur : quelques allers et retours de coton-tige – un godemiché en quelque sorte – suffisent pour imiter le coït avec le chat mâle, ce rustre qui ne connaît rien au Kâma-Sûtra. Le vagin de la demoiselle se la laisse conter, donne le signal à l'ovaire qui va pondre son ovule et se calmer quinze jours jusqu'à ce que la nature lui rappelle que ça n'a pas fonctionné et que tout est à refaire. Et ça marche ! Le coton-tige interrompt illico le supplice des chaleurs. Si la chatte pouvait se masturber, elle aurait là la meilleure méthode de contraception.

Je présente cette méthode particulièrement avantageuse avec la verve et la précision d'un marchand de contraceptif et rapidement les gens me regardent avec une moue gênée : ça ne les enchante pas, cette histoire de coton-tige, ils préféreraient quand même une « vraie méthode contraceptive ». Un jour, un type m'a regardé avec un petit sourire, en désignant sa femme qui était à la cuisine :

– Elle, c'est pas un coton-tige, c'est un balai à chiottes qui lui faudrait !

Sa femme est revenue dans la pièce avec un air innocent. Il a ajouté avec un air de complicité virile :

– M'enfin… On n'est pas des bêtes, hein ?

Et l'image étrange de cet homme équipé d'un balai à chiottes et de sa femme en chaleur m'est restée, bien après la fin de la consultation…

Histoire d'Anibal-Trinité

Je m'appelle Anibal-Trinité Sissoko-Delhomme.

Mon premier maître m'avait malicieusement prénommée Anibal. À l'époque, je vivais dans une bicoque du vieux Saint-Ouen, et mon maître, un vieux type bourru et solitaire, s'amusait à effrayer tout le voisinage à mon sujet. Il racontait que les bouledogues anglais étaient utilisés autrefois pour leur agressivité et leur cruauté dans les combats contre les taureaux. Il aimait surtout expliquer que notre nez si profondément enfoncé dans la gueule nous permettait de mordre profondément les taureaux durant le combat, et de leur infliger les pires blessures.

Aujourd'hui, les bouledogues anglais n'ont plus rien d'agressif. Mais ces histoires effrayaient tout le monde à Saint-Ouen. Aussi, lorsqu'il est décédé, je suis restée seule devant la maison, et personne n'a osé m'approcher. J'ai erré plusieurs jours dans la misérable cour où nous logions avant que quelqu'un s'inquiète un peu de mon sort.

Deux jeunes Africaines habitaient un taudis de notre cour, installées là par je ne sais quel marchand de sommeil. Par pitié sans doute, elles ont commencé à me jeter négligemment leurs restes de repas. En général, on ne peut pas dire que les Africains aiment particulièrement la compagnie des chiens. Mais avec ma tronche écrasée, je les faisais plutôt rire, je crois. Et ce sont bien elles qui ont sauvé ma peau.

J'ai subsisté plusieurs semaines dehors, jusqu'au jour jour où elles m'ont fait une petite place avec elles. C'est ce jour-là qu'elles ont regardé le calendrier et m'ont rebaptisée du nom de Trinité. Elles ne savaient évidemment rien de l'entretien d'un chien, et a fortiori d'une chienne. Alors, bien entendu, quand mes chaleurs sont revenues, ce qui devait arriver arriva : je me suis faite engrosser par le premier corniaud venu. Et c'est là que les soucis ont commencé.

Une grossesse, ça ne serait évidemment pas si grave si j'étais une quelconque chienne. Mais nous, les bouledogues anglais, outre notre tronche de very bad boy, nous avons un autre handicap bien à nous : du fait des hasards de la sélection, notre bassin est particulièrement étroit. La mise bas est souvent difficile, voire impossible si les chiots ne passent pas. Ainsi, chez nous, 70 % des mises bas se font par césarienne. Autant dire que sans un bon chirurgien sous la main, c'est une affaire très mal partie…

... LA SAINT-GABIN

La chirurgie, ce n'est pas mon affaire. Un bon chirurgien, ce n'est ni plus ni moins qu'un super plombier, qu'un super garagiste. Il faut se retrousser les manches et y mettre les mains, et les bras. Il faut se coltiner avec la matière, faut se salir, et je n'aime pas ça.

Bien sûr, à domicile, je fais un certain nombre de petites interventions : des sutures sur des petites plaies de morsures ou autres, des petits bobos quoi. Alors je recouds dans le salon sur un coin de table. Je fais aussi les petites opérations de convenance : fouiller dans l'abdomen pour ramener les ovaires, ligaturer, suturer, ça prend quelques minutes, ce n'est pas sorcier. Les castrations, c'est encore plus facile. Incision, torsion, un petit nœud... Tellement facile que dans les campagnes autrefois, on n'appelait même pas le véto pour ça. Pas pour un chat. Un tuyau de poêle suffisait pour la contention. On enfilait l'animal, et zip-zap, d'un coup de couteau on retirait les castagnettes. Un peu de gnôle pour la stérilisation, et on lâchait le pauvre bougre dans la nature comme ça.

Je castre sur la table de la cuisine. Je stérilise dans la salle de bain, bref, tout ça ce n'est rien. Mais la chirurgie, la vraie, j'y ai renoncé depuis longtemps. Et j'ai perdu la main.

Une seule fois j'ai dû vraiment m'y coller... Parce que je n'avais pas le choix.

C'était vers la fin de la nuit, je traînais vers la place Clichy, en attendant un dernier appel. À cette heure-là, je ne rentrais jamais me coucher. Il y avait presque toujours un dernier appel, à la toute fin de la nuit. Et comme je détestais me faire sortir de mon lit, j'allais parfois l'attendre dans un café. Ou bien j'allais flâner un peu pour profiter de cette heure presque silencieuse où Paris semble enfin dormir un peu.

Ce petit matin-là, il faisait exceptionnellement bon pour un mois de février et j'étais dehors. C'est vers 5 heures que ça a sonné. Une voix de jeune Africaine. Paniquée.

– Elle se vide, *docteuw*, c'est *tewible*, *tewible*, *tewible* !

Un truc tellement *tewible* qu'elle n'osait même pas regarder. Elle a d'abord été réveillée par des gémissements de la chienne, puis les vomissements, et voilà qu'elle se vidait par l'arrière, avec un gros jus verdâtre nauséabond. Un truc terrible…

C'était juste à côté. Au bout d'une petite rue pavée, étroite et crasseuse, une espèce de taudis d'arrière-cour dans les vieux quartiers de Saint-Ouen. Au premier, deux jeunes filles d'origine africaine m'attendaient. Deux sœurs. L'une parlait assez bien le français avec un fort accent, l'autre se taisait. Elles étaient très gentilles, mais totalement terrorisées.

La plus courageuse m'a d'abord emmené dans la petite salle de bain où il y avait un gros boudin noir qu'elle n'osait pas toucher. Au sol, on se rendait rapidement compte que le boudin noir bougeait légèrement. Il y avait de l'étrange dans l'air, comme un soupçon de sorcellerie. J'ai flairé le coup. Ce n'était pas un alien, ce n'était pas une crotte, c'était un chiot, tout neuf, qui se débattait dans son sac amniotique à peine déchiré, et cherchait un peu d'air pour défroisser ses poumons. Il avait de la chance d'être encore vivant. La mère, une bouledogue anglaise, s'appelait Trinité. Elle avait rompu le cordon mais manquait certainement d'instinct maternel et délaissait complètement sa progéniture.

Je suis allé voir la maman qui s'était planquée au fond d'une armoire pour mettre bas tranquillement, entre les pulls et les chaussures. Elle était déjà épuisée. Vu sa maigreur, c'était assez prévisible. Pas de contractions, mais l'abdomen était plein. J'ai fait immédiatement un peu d'ocytocine – une injection qui stimule les contractions. Dix minutes après, elle expulsait le deuxième, qui était mort-né.

C'est après que ça s'est gâté.

Elle en avait encore au moins deux à mettre bas, mais les contractions se sont espacées puis carrément arrêtées malgré l'ocytocine. Il n'y avait pas d'autre choix que d'attendre un petit peu, et de voir. Les minutes passaient et je commençais à ressentir une pesante envie de dormir. Au bout d'une demi-heure, rien. Pire : la maman allait de moins en moins bien et elle commençait même à être sérieusement en danger. Je regardais la chienne, et ses maîtresses en me frottant le front. Mes deux candides attendaient souriantes, dans une sorte de sérénité béate – une confiance absolue en moi ou en la nature, je ne sais pas.

Une portée et une mère mal en point, c'était quand même un peu brutal pour elles, qui trouvaient seulement que la chienne errante qu'elles nourrissaient avait un peu grossi. Ces deux filles m'avaient l'air d'être fraîchement immigrées, et je ne sais pas de quoi elles vivaient. Je supposais qu'elles n'avaient pas un sou. Sans ma venue, elles auraient sans doute appelé un vaudou pour éloigner les mauvais démons. Et puis après tout, ce n'était pas vraiment leur chienne, et elles n'avaient certainement pas envisagé la question du coût de la consultation. Mais c'était un détail.

Toute décision ne reposait que sur moi. La nature était désormais impuissante : à ne rien faire, je la condamnais sans aucune doute. Inutile par ailleurs d'envisager une chirurgie en clinique. Quant à pratiquer une césarienne ici, dans la cuisine, c'était une idée carrément risquée, vu l'hygiène des lieux. Ma dernière césarienne ne datait pas d'hier. C'était sur un cadavre de vache en autopsie en troisième année d'étude, il y avait plus de vingt-cinq ans. Mais à y réfléchir, y avait-il une alternative ? Pas vraiment : c'était ça ou le grand sac blanc. Je n'avais rien à perdre. Elle n'était pas en très bonne santé mais encore toute jeune, ça se tentait. À la guerre comme à la guerre donc, ici, dans la cuisine !

Le martyr a duré deux heures. Attachée sur la table recouverte de serviettes de toilette, Trinité dormait assez mal, mais je ne pouvais pas faire plus qu'une anesthésie légère que je prolongeais régulièrement par intraveineuses.

Ouvrir, inciser a été assez rapide, ensuite j'étais beaucoup moins sûr de moi : je me suis débattu avec le péritoine, les couches musculaires et un utérus hyperdilaté. C'était loin d'être aussi clair que sur les planches d'anatomie. Je ne reconnaissais rien, ou presque. Les viscères digestifs se mêlaient aux viscères génitaux, les hémorragies se multipliaient et je ligaturais les fuites les unes après les autres comme un pompier. L'une des filles me servait d'assistante. Cumba, elle s'appelait. Elle regardait sur le côté pour ne pas tomber dans les pommes. L'autre, Fatira, me servait régulièrement des « kofés » avec des bouchées de gâteaux au chocolat, et me tamponnait délicatement le front. Elles ne disaient presque rien, ne posaient aucune question, se contentant d'obéir en me regardant avec leurs grands yeux de biches. Je ne suis pas sûr qu'elles avaient leurs 18 ans.

Finalement j'ai extrait trois mort-nés qui sentaient très mauvais. Puis j'ai peiné pendant une heure et demie pour rapprocher les bords proprement, bien nettoyer et faire de belles sutures. Je l'ai bourrée d'antibiotiques et je suis resté jusqu'à ce qu'elle se réveille correctement.

Il était 8 heures du matin quand on a terminé. La chienne était encore un peu dans le gaz et moi aussi. Le seul chiot vivant ne se portait pas trop mal. Pour les frais, j'ai fait un tarif dérisoire, symbolique. Et puis je n'étais pas du tout sûr qu'elle s'en sorte. Mais j'avais fait le maximum. Je suis monté dans ma voiture, suis rentré à vingt à l'heure et j'ai dormi toute la journée.

*

Je suis repassé faire le suivi. Quotidiennement, les deux sœurs m'accueillaient avec de grands sourires et cette espèce de jus noirâtre qu'elles appelaient « kofé ». Elles donnaient le biberon au chiot avec un soin maternel. Elles ont regardé le calendrier, et l'ont appelé Gabin.

La mère a eu une grosse fièvre pendant quelques jours, mais grâce à de hautes doses d'antibiotiques, Trinité a récupéré. Les deux jeunes filles l'alimentaient et l'entouraient de soins. Quinze jours plus tard, elle était en pleine forme.

*

Quelques mois ont passé. Je venais parfois prendre le café chez mes deux innocentes. Et puis un jour, je suis entré et j'ai trouvé leur deux pièces vide. Les meubles avaient disparu. Personne dans la cour. Je n'avais aucun numéro de téléphone, rien. Les voisins n'ont pas su me renseigner. J'ai traîné dans le quartier et j'ai trouvé Gabin dans une rue voisine. Pas de trace de Trinité. Je ne pouvais pas laisser le pauvre Gabin comme ça. Alors je me suis résigné à l'emmener.

Je l'ai gardé quelques jours dans mon petit appartement, en attendant une solution. Quelques jours ont passé, puis quelques semaines, et inévitablement, je l'ai adopté. On s'est adoptés.

Je m'étais juré de ne pas avoir de chien, ici, à Paris. Mais c'était arrivé. Désormais, j'étais le maître, le propriétaire, le responsable d'un adorable chiot qui ne me quitterait plus.

Quant à Cumba et Fatira, je les ai souvent cherchées. Je ne les ai jamais revues.

Histoire de Qen

Pourquoi ce jour-là ? C'était un jour comme un autre… Il ne faisait pas encore jour, et lui, comme tous les matins, il était là, au bas de son immeuble, prostré, collé à la porte pour éviter les gouttes. Il faisait un peu la gueule, comme tous les matins. Et moi, j'ai fait une grosse crotte, une bouse plutôt jaunâtre ce matin-là, qu'il est bien sûr allé ramasser avec des putains de merde, fait chier, etc. (Il m'en veut je pense, de ne pas faire de belles déjections canines bien moulées comme sur les affiches de la campagne de propreté).

Il ne m'aime pas. Il ne m'a jamais aimé. Il a oublié que c'est pourtant de sa faute si je suis là.

J'avais 3 mois. J'étais alors un adorable petit chiot. C'était tellement original et surprenant comme cadeau, et tellement éducatif pour un enfant, un animal… Je suis arrivé dans un joli panier. Je pesais 500 grammes de bonheur et de joie de vivre. Craquant. Il n'y a que lui qui a osé dire que je ressemblais à une petite saucisse sur patte et que j'étais très moche.

Pour le choix de mon prénom, la petite eut le droit de choisir. Elle tenait absolument à Ken, mais on était l'année du Q. Depuis lors, je réponds donc – plus ou moins – au prénom de Qen.

Le temps a fait son œuvre. Les mois, les années ont passé, et il faut reconnaître que je n'ai pas très bien vieilli. Avec l'âge, je suis rapidement devenu gras, pour ne pas dire obèse (normal avec dix minutes de sortie par jour). J'ai une haleine de poney, paraît-il, car je fais de l'urée (ça, c'est les reins) et du tartre (ça, c'est les gencives), et je fais aussi de la séborrhée grasse (une maladie de peau malodorante).

Depuis longtemps, je souffre par ailleurs d'un trouble psychologique chronique : je fais ce qu'on appelle de l'« anxiété de séparation » – c'est le terme pour dire que je ne supporte pas cette espèce d'abandon quotidien, le départ de mes maîtres, la solitude. Pendant toute la journée, seul, je m'ennuie bien sûr. Alors je vais glander sur le canapé, et pour me distraire, je vais d'abord engloutir mes croquettes, et puis encore des croquettes. Et puis à un moment où à un autre, dévoré par l'angoisse de la solitude et de l'ennui, je vais me déchaîner sur le canapé et les rideaux. Je vais ronger méthodiquement tout ça. Parce que ça me fait du bien. Ensuite je hurle à la mort. J'ai une bonne voix. Alors j'appelle au secours, je pleure, j'aboie ma solitude. Les voisins le savent, ils ont déjà craqué plusieurs fois. Ils vont une fois de plus menacer d'appeler la SPA pour dénoncer mes maîtres pour mauvais traitement.

Enfin, je coûte cher. Ce n'est pas de ma faute, à moi. Ce n'est pas moi qui ai décrété qu'il fallait les vaccinations, la vermifugation, la stérilisation, le tatouage, et aussi le toilettage, le détartrage, les croquettes... Une petite fortune. Tout ça n'est pas de ma faute. Mais voilà... ils n'avaient pas pensé à tout ça.

Bien sûr, la petite n'a jamais intégré qu'un cadeau, un joujou en somme, puisse exiger tant de soins, de contraintes. Une Barbie, c'est sûr, ça ne fera jamais pipi.

Alors, comme il fallait bien un grand pour s'occuper de moi, c'est retombé sur qui ? C'est retombé sur lui. Comme une surprise. Une trahison. Pas une seconde il n'avait pensé à ça. Ça fait quatorze ans que ça dure. C'est curieux, personne ne semble les avoir prévenus que ça pouvait vivre aussi longtemps, un chien.

... COMPRESSION NERVEUSE

C'est un soir de mars. Il n'est que 22 heures et il fait un vrai temps de chien – un temps à ne pas mettre un vétérinaire dehors. Je me traîne laborieusement d'une visite à une autre – quelques visites sans histoires – quand on m'appelle « d'urgence » dans le bas de la rue de Vaugirard, dans le 15e arrondissement. Un coup de fil plutôt laconique pour « un teckel qui ne bouge plus ».

J'arrive au cœur d'une de ces forteresses modernes truffée de digicodes et d'interphones. Tout est neuf, propre et lisse. Au bout du couloir du sixième étage, une porte est entrouverte, je frappe. Une voix m'invite à entrer.

En suivant le son de la télé, j'arrive dans le salon. Personne ne bouge. Une jeune fille de 16 ou 17 ans est avachie sur le canapé devant son écran télé. Elle lève un regard détaché, apparemment pas concernée par ma visite.

À la table, un homme d'une cinquantaine d'années boit une bierre en lisant le journal. Chemise blanche froissée, ventre bedonnant, longs cheveux gris, moustache épaisse de Gaulois. Il interrompt sa lecture et se lève mollement pour venir me saluer. Très content de me voir. Il parle fort pour m'expliquer son inquiétude d'abord, et puis sa satisfaction de me voir. La mère pointe son nez à la porte de la cuisine, m'adresse un timide bonsoir.

Le teckel est couché sur la table basse du salon, immobile, tremblant. Tout le monde est sur le pont, rien de spécial dans tout cela, et pourtant il flotte quelque chose de tendu dans l'air.

– Comment c'est arrivé ? je demande tout en sortant mon matériel.

Un temps. Pas de réponse. J'insiste :

– Vous ne savez pas ?

– On l'a retrouvé comme ça…, a enfin répondu la mère. D'un coup, là, ce soir.

Je commence l'examen. Le teckel gronde et menace dès qu'on l'approche. Je l'examine du bout des doigts d'une main, tout en le tenant immobilisé de l'autre. La bête couine de temps en temps, perçant un silence lourd.

– Il n'y a pas eu de signes auparavant ? je demande.

– Ben non ! répond la mère.

– Il n'est pas tombé ? je demande encore. C'est vraiment arrivé comme ça, tout seul ?

Pas de réponse. La fille fixe son père d'un regard lourd. L'œil en biais, le père allume une cigarette nerveusement. Il ne s'est rien passé, mais je sens une pression monter brutalement.

– C'est soudain, dit le père à mi-voix d'un air apitoyé, mais c'est vrai que ça lui fait quand même 14 ans.

Je poursuis l'examen. Le chien ne sent plus du tout ses pattes postérieures. Il y a forcément une grosse compression médullaire. Il y a bien sûr l'hypothèse d'une banale hernie discale, vue la fréquence des hernies chez les teckels. C'est la morphologie qui veut ça, malheureusement. Celui-là n'est pas jeune, mais il faut penser à tout. Je palpe. Au niveau lombaire, je sens un déplacement vertébral net. Plusieurs millimètres. C'est énorme. Le rachis a obligatoirement subi une lésion, importante, et vu le déplacement, sans doute de façon irréversible…

Un tel écart peut difficilement survenir de façon naturelle. Une chute éventuellement. En tout cas un traumatisme important… J'insiste encore un peu, laconiquement :

– Je ne comprends pas bien, je dis.

J'explique ce qui me préoccupe et j'attends, en les regardant, avec un air perplexe.

– Explique, toi ! Dis-le ! finit par lancer la fille à son père.

– On ne t'a rien demandé, toi !

La fille qui était avachie à mon arrivée, se tient désormais droite comme un i, chargée d'une soudaine animosité. La mère se tait, regarde le père, gênée. Plus tout à fait solidaire la famille. Alors le père s'embrouille dans les explications : « Voilà, c'est un chien pas facile, très agressif, de plus en plus… »

Il s'interrompt. J'attends un peu la suite. Il s'énerve. Il ne se rappelle pas très bien. « Tombé… alors un geste… non intentionnel. Un coup, c'est beaucoup dire, mais de l'avoir bousculé, oui un peu, peut-être… »

La fille s'interpose :

– Mais dis-le que tu l'as cogné ! Pas bousculé ! Tu l'as « shooté » !

– Ça suffit maintenant ! répond le père, la main levée et menaçante en direction de sa fille. Ça suffit !

Il se reprend un peu :

– De toute façon, on l'aime bien, mais il est pas tout jeune et fallait bien qu'il lui arrive quelque chose, qu'est-ce que tu veux !

D'un coup, j'ai compris : le chien agressif, la pisse, le froid, la pluie, le canapé, les frais, l'odeur, les aboiements, le voisinage. Quatorze ans…, la date de péremption, ça commençait à être clair. Et ma conviction était faite : cédant à la tentation, il y avait certainement eu un bon coup de pied de dégagement dans le teckel…

– Bon, qu'est-ce qu'il a, à la fin ? a demandé le père, qui faisait des efforts surhumains pour se dominer.

– En fait, ce n'est pas bon du tout, j'ai dit.

– Ça veut dire quoi en clair ?

– Ça veut dire… ça veut dire qu'il a peu de chances de remarcher un jour.

La fille a hurlé :

– HIIII ! Voilà ! Tu es violent, tu es fou ! Tu lui as cassé le dos. Mon père est une brute, un fou, tu es un malade !

Le père va mettre une claque à sa fille qui l'évite et s'éclipse en courant dans sa chambre. Nous l'entendons qui l'insulte devant la porte qu'elle ferme à clé.

– Tu es fou ! Faut toujours que tu cognes ! Tu veux paralyser tout le monde ?

Je regarde la mère, qui se tait, apparemment terrorisée. Le père regarde ses chaussures, tremblant. Il se contient avec peine. Le silence revient rapidement et le père reprend, presque comme si de rien n'était :

– Bon, dit-il, un peu ému, reprenons : donc il ne remarchera pas.

– Il risque surtout de ne pas remarcher parce qu'il a pris un coup spécialement violent.

J'avais trop peu d'éléments concrets pour prouver quoi que ce soit, mais j'étais décidé à ne pas laisser filer.

– Bref, soyons clair, il a dit, s'il est paralysé, il est hors de question qu'on le porte ou qu'on lui fasse un fauteuil roulant ou une connerie comme ça. Il faut l'euthanasier.

– Vous allez un peu vite, j'ai répondu. Je ne sais pas ce que voulait dire votre fille, en tout cas, il est clair qu'il a pris un coup particulièrement violent. Ce n'est pas comme s'il était tombé accidentellement.

Le père me regarde de travers.

– Alors ?

– Alors il faut aller plus loin : on ne peut pas savoir comme ça, avec certitude, sans examen complémentaire. Les examens permettraient de savoir comment ça s'est produit et les chances qu'on a. Ensuite, la chirurgie peut parfois faire des miracles…

Tout cela était assez faux. Je pouvais dire avec certitude que ce chien était paralysé. L'euthanasie était la seule solution raisonnable.

– Attendez, me dit-il, combien ça coûte tout ça ?

J'ai méticuleusement détaillé le parcours, puis la facture possible sans rien oublier : radio, myélo, scanner, chirurgie, journées d'hospitalisation, et aussi la rééducation… Ce genre de pathologie pouvait aller très loin. Cela faisait une somme rondelette, l'équivalent d'un ou deux mois de salaire.

– Pour les questions d'argent, j'ai dit, on s'arrange toujours, vous savez. Quand on veut…

Je l'ai vu pâlir. Il n'avait plus de mots. Il a vu le chéquier fondre, les privations, la galère, le trou dans le budget. Il n'avait jamais envisagé cette question. Non, non, ce n'était pas marqué dans le contrat d'achat du chien. On ne lui avait pas dit. D'un coup, je crois, ce soir-là, il a compris que vraiment, non il n'aurait pas dû, qu'il n'est pas de ces gens qui sacrifient leurs économies pour un clébard qui n'a pas tenu ses promesses. Et puis ce serait indécent de foutre plus d'un salaire dans un chien. Dans une teigne !

– Personne ne peut mettre une telle somme dans un chien, c'est impossible.

– Quand on a commis une erreur grave, est-ce qu'on ne doit pas faire le maximum pour la réparer ? Ce n'est pas comme si c'était la nature qui était responsable. C'est une voie de fait.

Le terme le déconcerte. Il ne bronche pas. Pendant ce temps, j'ai sorti une feuille et je commence à noter.

– Qu'est-ce que vous faites ?

– Un rapport.

– Un rapport ?

– Un compte rendu, comme après chaque consultation.

Je remplis une fiche en lui demandant d'abord toutes ses coordonnées.

– Qu'est-ce que vous allez faire avec ça ? À qui vous le donnez ?

Je vois passer dans ses yeux le spectre de la police.

– Ce sera pour le spécialiste vers qui je vais vous orienter. Il aura besoin de toutes les informations.

Le doute est resté dans son esprit. Il s'est fait tout petit. Sa voix est devenue pleine d'humanité. Il y est très attaché malgré tout, il ne s'en séparerait pas sans une grande tristesse… Il a cherché la présence et le soutien de sa femme. J'ai dit que la décision était prématurée, qu'on en saurait un peu plus demain. Qu'on ne pouvait pas laisser passer une chance, aussi infime soit-elle. Pour ma part, j'étais convaincu que ce n'était pas une décision facile, n'est-ce pas ? Quatorze ans de vie commune, ce n'est pas une page qu'on tourne comme ça… Ils étaient sûrement d'accord avec moi là-dessus.

Il y a eu un long silence, un vide galactique. Il ne pouvait pas insister, ça aurait été gênant, quand même.

– Nous, on ne veut pas qu'il souffre, répétait la mère, vous comprenez ?

– Ne vous inquiétez pas pour ça, j'ai dit.

Antalgique, somnifère, morphine : sans leur laisser le temps de protester, j'ai préparé les seringues pour les injections. J'ai fait tout ce qu'il fallait pour que le teckel passe une dernière nuit parfaitement douce et moelleuse.

C'était aussi tout ce qu'il fallait pour que le maître passe, lui, une très mauvaise, une très sale nuit. C'était le moins que je puisse faire.

Au moment des piqûres, cette sale bête a bien failli réussir à me mordre.

C'est vrai qu'il était con, lui aussi.

Histoire de Voltaire

Ce jour-là, il a d'abord fermé les volets. Avec une corde entrelacée de soie, il a fait un joli nœud coulant qu'il a accroché là-haut à la barre qui lui sert pour sa gymnastique quotidienne. Puis il est venu s'asseoir sur le canapé, près de moi. Il est resté longtemps à regarder son joli nœud coulant, tout en me serrant dans ses bras. Il disait que je ne pouvais pas comprendre, que j'avais de la chance de ne pas connaître le désespoir. C'est vrai qu'il était triste ce garçon. C'est vrai aussi que j'ai une nature toujours gaie et joueuse – c'est pour ça qu'il m'avait choisi. Peut-être que ça ne lui convenait pas finalement.

Il m'a embrassé, puis il est monté sur la chaise. Il m'a regardé longuement avant de fermer doucement les yeux. Il est resté encore un long moment comme ça, debout sur sa chaise, avant de lui donner un coup de pied qui l'a fait tomber. Ensuite il s'est balancé doucement, accroché à sa barre de gymnastique, jusqu'à ne plus bouger.

Il n'est plus redescendu. J'ai mordillé ses pieds pour le réveiller. Rien. Alors j'ai commencé à attendre. J'ai hurlé. Personne. L'appartement est resté comme ça, silencieux et sombre, avec sa silhouette immobile, suspendue à la barre de gymnastique. Trois jours.

Et puis un après-midi, j'ai entendu la voix de Barbara, sa mère, derrière la porte d'entrée. Elle a frappé, puis elle a hurlé, avant d'ouvrir. Elle avait bien fait d'insister pour garder une clé.

… PROZAC

Luxe, calme et volupté. Voilà les mots qui me traversaient l'esprit tandis que je foulais la moelleuse moquette du couloir qui me menait à la chambre 503 de l'hôtel Meurice. Rue de Rivoli, juste en face des Tuileries. Il était 2 heures du matin, par une fraîche nuit d'avril. Un délicieux bien-être, une douce chaleur m'avait saisi en entrant dans le palace.

L'appel est venu d'une richissime écrivaine américaine. Le concierge m'a fait la liste de tout ce qu'elle avait écrit comme best-sellers. Une star… Elle avait demandé un vétérinaire. Sur-le-champ.

La porte de la suite 503 est entrouverte. Je pousse la porte et je suis saisi :

– J'ai très peur, dit-elle, je vous explique, oui, je sais que c'est ma faute, je le sais, mais ne m'accusez pas, parce que c'est déjà terrible, parce que cet après-midi, je suis partie, et…

Des mots. Pas bonjour, pas bonsoir, pas merci, rien. Un flot de mots, en français avec un fort accent américain. L'écrivaine, en peignoir, me retient dans l'entrée, ma grosse mallette à la main. Je m'avance, en la pressant vers l'intérieur.

– Oui, oui, entrez, vous êtes bien le vétérinaire ? s'inquiète-elle tout à coup. Posez ça là… comme vous voulez. Donc, cet après-midi, c'était férié et…

Je m'installe dans une pièce design, dépouillée, géométrique, avec de grands murs mauves couverts de toiles abstraites un peu sinistres. L'écrivaine arpente la suite en fumant, dans son peignoir en satin gris. Le chien, un jack russel terrier, déambule lui aussi dans la pièce, comme ivre. Elle déblatère et les mots se répandent entre nous, chargés d'angoisse. Elle se protège. Ne me regarde pas. Je l'écoute avec peine. Chaque silence est minutieusement, obsessionnellement comblé par la parole.

– Il a besoin d'espace… Il est stressé, vous savez, c'est comme les adultes…

Elle avait appelé pour une ingestion de comprimés de « tranquillisants ». Le jack russel terrier avait déchiqueté la boîte de prozac oubliée sur la table du salon et s'était envoyé au moins cinq comprimés. Peut-être dix. Le prozac agissait déjà et le chien était dans un état qu'on appelle « paradoxal », entre la somnolence et l'hyperexcitation. Il déambulait en se cognant partout, l'allure hésitante et vacillante. Pupilles dilatées, mais en état d'hyperesthésie – c'est-à-dire qu'il sautait au plafond dès qu'on le touchait.

Il fallait d'abord le faire vomir. Une injection d'apomorphine, et en trois minutes, tout le contenu de l'estomac se retrouvait sur le carrelage. Dans la bouillie gastrique répandue sur le sol de la cuisine, il y avait au moins une dizaine de comprimés à moitié délités.

L'écrivaine, quant à elle, continuait de vider son sac. En apnée. Une élocution spasmodique. Comme pour s'accrocher à quelque chose. Pour éviter tout silence. Insupportable silence. Elle parlait, me prenait pour son exutoire. Sa vie et la somme de ses petits riens tellement envahissants. Des bribes incohérentes. Ses terribles misères, ses soucis de star, ses soucis de mère. Comme un fil qui en se déroulant faisait venir l'écheveau tout entier de ses névroses. Après quelques tentatives vaines, je m'abstenais bien de répondre. Je n'écoutais qu'à peine, mais je sentais le poids de ses angoisses et de sa solitude se poser peu à peu sur mes épaules. Je la regardais dépité en pensant : fais ton job, juste ton job, et ce sera déjà pas mal.

Après les vomissements, j'ai donné du valium, en intraveineuse, et le chien s'est endormi instantanément. L'injection a fait l'effet d'un évanouissement. Le moulin à parole s'est immobilisé, le regard terrorisé.

– Voltaire ?… Il est pas mort, hein, docteur, il est pas mort ?

Elle ne le reconnaissait plus son bébé qui dormait sur le tapis, avec un air apaisé.

Les jack sont des chiens adorables mais ils peuvent aussi être totalement insupportables. Ce sont des terriers, et ils ont conservé des instincts puissants, des besoins d'espace et d'exercice. Ils jouent du matin au soir, ne s'arrêtent pas une seule seconde, ils font toutes les bêtises imaginables. Cette hyperactivité peut vous rendre dingue.

Son jack semblait apparemment un phénomène particulièrement difficile : outre son hyperactivité, c'était également un hyper-anxieux, qui rongeait tout ce qu'il pouvait : canapé, pied de chaises, etc.

– Il m'épuise, mais je ne peux pas lui en vouloir, les gens ne comprennent pas ça… Ils ne savent pas qu'il y a des bêtes fragiles émotivement.

Pour l'instant, c'était elle qui m'épuisait. Mon job était fait et je remplissais le petit compte rendu de visite.

– Vous savez ce que c'est, a-t-elle ajouté. Vous devez avoir des animaux, docteur, non ?

La réponse a fusé : j'aimais beaucoup les animaux, mais j'en voyais largement assez comme ça dans mon travail. Elle m'a regardé, muette et interloquée. Ce n'était pas tout à fait la réponse qu'elle attendait d'un vétérinaire.

J'ai profité de son silence, pour lui donner quelques indications pour la soirée, mais elle semblait ne pas m'entendre. En levant un peu la tête de mon compte rendu, j'ai senti qu'elle me dévisageait avec insistance. Fixement. Et puis elle a repris la parole comme auparavant.

Mais il manquait un détail.

Quelques instants plus tard, j'étais dans la salle de bain. Je me lavais les mains, quand elle a glissé ça, comme ça, entre deux banalités : à qui avait appartenu ce chien, il y a cinq ans. Son fils parti… Disparu… Il avait 36 ans. J'ai coupé l'eau et je me suis essuyé les mains. Il était médecin. Elle ne se plaignait pas. Elle disait cela comme tout le reste, en parlant vite et net. À peine pouvait-on entendre quelque chose de plus contenu, de plus fébrile dans la voix. Elle avait du chagrin, mais ce n'était pas du chagrin qui perçait. Juste quelque chose de sec et de nerveux, les secousses d'un événement qui ne passe pas. Elle était remplie, envahie, assommée de culpabilité. Il avait du mal à vivre. Elle n'avait rien vu, rien compris. Le chien, forcément, c'est elle qui l'a récupéré. Ce chien, c'était ce qui lui restait. Mais lui c'est différent. Comment un garçon si calme et carré pouvait avoir un chien aussi indiscipliné ? Ça non plus, elle n'avait jamais compris.

Puis elle s'est tue. Un étrange silence s'est installé, comme une suspension. Je suis revenu dans le salon. Elle était assise sur le canapé et s'était effondrée en un sanglot presque silencieux. Elle essayait de parler, mais les mots s'étranglaient dans sa gorge. Elle a fini par dire, avec peine :

– Ça fera cinq ans aujourd'hui. Et je ne m'en remets pas.

Je me suis approché et lui ai tendu un mouchoir. J'ai pris sa main et lui ai caressé doucement le bras. Son jack dormait du sommeil du juste, j'avais fait mon travail, mais je ne pouvais plus partir comme ça.

– Dites-moi, docteur, pourquoi ce chien a avalé ces comprimés, juste ce soir ? elle a demandé. Pour me rendre encore plus dingue ? Je ne suis pas assez malheureuse comme ça ? C'est ma punition, docteur ?

Il n'y avait pas de réponse à cela. Je ne trouvais pas comment la réconforter. Rien n'y faisait, les mots ne venaient pas. J'étais gêné par ce silence que j'avais pourtant souhaité. C'était le terrible jour anniversaire, et c'était moi qui étais là, dans son histoire. Avalé. Englouti. Et muet.

Après un temps, elle a posé son regard sur le chien, et elle a dit calmement :

– En fait, je n'en peux plus de cette bête, vous comprenez ? Chaque jour, de l'avoir sous les yeux, c'est insupportable. C'est le seul souvenir vivant de mon fils, mais croyez-moi, c'est bizarre mais c'est vrai, j'ai envie de le tuer. Et c'est impossible, justement pour cette raison.

Je n'étais que vétérinaire. Y avait-il quelque chose que je puisse faire, en plus d'écouter ? La séparer du chien ? Mais impossible de la guérir de cette blessure… Il fallait bien que je fasse quelque chose. Si. Il y avait peut-être une chose à faire, c'était de rendre le chien un peu plus supportable. Je lui ai suggéré une thérapie du comportement pour Voltaire. Elle m'a regardé avec un air incrédule :

– Un psy pour chien, c'est ça ?

– Ça vous fait peut-être rire, mais c'est peut-être un moyen d'en faire un chien plus « vivable » pour vous.

– On va l'allonger sur un divan ? elle a dit en riant.

Je lui ai expliqué de quoi il s'agissait. Avant de partir, je lui ai donné les coordonnées de la vétérinaire comportementaliste, pour Voltaire, en lui proposant de me tenir au courant.

Sur le pas de la porte, il y a eu un instant tranquille, presque serein où elle m'a longuement serré la main. Elle m'a remercié d'avoir passé ce moment avec elle, et de l'avoir écoutée. C'est assez rare, surtout chez les médecins, elle a ajouté… Je doutais qu'elle prenne ma proposition de comportementaliste au sérieux, mais au moins, j'aurais essayé…

*

Elle m'a rappelé trois mois plus tard. La voix était plus calme. J'étais content de l'entendre ainsi. Elle avait rencontré la comportementaliste. Très gentille, bien qu'excessivement pointilleuse, selon elle. Elle avait fait plusieurs séances. Assez pénibles : une centaine de questions sur tous les détails de sa vie avec lui, la place de son coussin, l'heure des repas, les pipis, etc. Un vrai interrogatoire. Les résultats étaient inscrits dans un joli dossier brun et vert, avec des termes barbares :

– Hyper-attachement secondaire avec trouble de l'attachement primal, dépression d'involution, syndrome de privation sensorielle, etc. Vous comprenez sûrement, vous, docteur…

En gros, ce qu'elle avait compris, c'est qu'il était resté comme un enfant sans autorité et qu'il fallait le couper d'elle pour le faire passer à l'état adulte et lui apprendre ses limites. La comportementaliste lui avait inscrit toute une liste de tâches, de stimuli visant à la correction de son état. Il fallait une discipline terrible.

Elle avait eu comme l'impression que la comportementaliste s'acharnait un peu sur elle. J'ai fait un « oh » d'étonnement et de réprobation.

– Elle voulait me soigner aussi, vous comprenez ? Mais j'ai déjà un psy, je ne vais pas voir un psy pour chien pour moi, quand même !

Elle avait essayé. C'était une torture quotidienne, et finalement, elle ne s'était pas sentie à la hauteur, elle trouvait ça « inhumain » pour lui, pour elle. Elle tenait tout de même à me remercier :

– Oui, vous aviez raison, c'était une excellente idée. Cette thérapie est un échec mais aussi un succès. Je ne peux le soigner. Je n'en suis pas capable. Et justement, cela m'a permis de comprendre. C'est une de mes sœurs qui va bientôt récupérer Voltaire. Elle va le rééduquer, moi je n'en suis pas capable. Je n'en suis pas capable, et je l'assume, vous voyez ? Ce chien était comme une aiguille plantée dans mon cœur, c'était ma douleur, que je cultivais. C'est fini maintenant, j'ai même diminué les antidépresseurs. Je ne suis pas obligée de vivre en permanence dans le souvenir et la douleur, vous êtes d'accord ?

J'étais d'accord.

– Pour l'instant, je garde encore Voltaire quelques jours avant que sa tante ne le prenne. Alors la comportementaliste a mis Voltaire sous thérapie médicamenteuse. Et ça marche très bien.

Voltaire était sous chlorhydrate de fluoxétine, un antidépresseur de la famille des inhibiteurs de la recapture de la sérotonine…

De la famille du Prozac.

Histoire de Buenos

Je ne sais pas comment l'incendie s'est déclenché. Ça faisait quinze jours que ça n'allait plus avec Chris. Quelque chose avait changé. Elle n'était plus la même. Cette nuit-là, en rentrant à l'appartement sur le coup de 3 heures, au lieu de s'allonger contre moi, elle s'était assoupie à l'autre bout du canapé, complètement ivre. Elle dormait assez profondément au moment où une fumée grise a envahi le salon. Chris a mis beaucoup de temps à se réveiller. Elle s'est alors précipitée dans la cuisine, en criant et en toussant. Moi, je suis allé chercher un peu d'air, et bêtement j'ai eu le réflexe de me réfugier dans les toilettes. J'entendais qu'elle me cherchait et m'appelait.

– Buenos ! T'es où ? Buenos !

Après quelques minutes, Chris a fini par me trouver, elle hurlait de panique. L'air des toilettes était rempli de fumée. Elle voulait absolument me tirer de là, mais j'ai résisté, c'était plus fort que moi. Avec son poids plume et ses petits muscles de danse rythmique, la lutte n'était pas égale. Peut-être qu'à ce moment-là elle a regretté d'avoir un dogue de

65 kg. Elle a crié, a toussé, crié encore, et puis elle m'a regardé bizarrement, puis plus rien. Elle s'est éloignée. Ensuite, je ne sais plus.

Je me suis réveillé sur le trottoir. Un type que je n'avais vu ni d'Ève ni d'Adam était en train de m'embrasser.

... NOS AMOURS LES BÊTES

Elle a mis le temps. Elle a tourné autour du pot, et puis elle m'a tout raconté. Pourquoi à moi ? Sans doute parce qu'elle ne me connaissait pas, et qu'elle était à peu près certaine de ne jamais me revoir. Mais aussi parce que le véto appartient un peu au monde animal : il peut tout entendre, il ne parlera pas...

C'était des circonstances un peu exceptionnelles. Suite à un incendie, vers les 5 heures du matin, j'étais appelé pour un dogue argentin en détresse respiratoire. Un immeuble du 17e avait pris feu au deuxième étage, à cause d'un grille-pain, je crois. Rue Cardinet, derrière la place Clichy. Tout le monde avait eu le temps de sortir, sauf Buenos, le dogue argentin d'une jeune femme.

Il y avait déjà une petite foule de curieux agglutinée dans la rue malgré l'heure très matinale. Les pompiers m'ont amené le chien qui était quasiment en arrêt respiratoire et j'ai fait mon travail. En l'occurrence, il fallait se lancer dans de la réanimation. Ce qui signifiait faire don de son corps, puisque l'exercice consiste à fermer la gueule pour souffler dans les naseaux et relancer la respiration mécaniquement, comme à un humain. La différence, c'est le contact… Ça devait faire une scène de baiser assez étrange. Un baiser au gorille…

Le dogue a bientôt récupéré. Les pompiers m'ont amené une bouteille d'oxygène spécialement pour lui. Je l'ai mis sous perfusion et lui ai fait quelques injections de soutien pour finir le travail.

Les pompiers n'ont pas tardé à éteindre le reste d'incendie. Il était bientôt 7 heures, la foule s'était dispersée, le ciel commençait à s'éclaircir, et il faisait assez doux. Finalement je me sentais bien. Comme j'avais du mal à me décider à partir, et qu'elle semblait toute bizarre devant son chien qui tenait à peine debout, je lui ai proposé de l'aider à le porter jusqu'à son appartement, ou ce qu'il en restait, en attendant le jour. Elle a dit oui, avec un air timide un peu forcé.

On a fait le tour de son trois pièces, le parquet et les murs étaient tout humides, et couverts d'une couche grisâtre et grasse. On a fait une petite place pour Buenos, c'était le nom de son chien, et j'ai accroché sa perfusion à un portemanteau. J'allais partir quand elle m'a proposé de boire un petit remontant. On s'est assis où on pouvait, et on a trinqué au porto. Elle était fatiguée, moi aussi, mais je sentais qu'elle attendait ou qu'elle retenait quelque chose.

Elle devait avoir dans les 35 ans. Un piercing sur la lèvre brillait au milieu d'un joli visage pâle et un peu triste. Avec ses cheveux noirs en désordre, cela lui donnait un charme un peu étrange, et une certaine langueur qu'ont certaines personnes qui ont l'air de toujours s'ennuyer.

– C'était bizarre, votre truc, elle m'a dit avec une petite gêne.

– Bizarre ?

– Le bouche-à-bouche ! C'est crade, non ? Vous ne craignez pas d'attraper des maladies ?

Ça ne m'inquiétait absolument pas.

– Mais il y a des maladies qui se transmettent non ?

– Oui, les zoonoses, j'ai répondu, c'est vrai, ça arrive. La rage, par exemple, et puis d'autres petites infections comme la teigne, et quelques autres…

– Et alors qu'est-ce que vous faites dans ces cas-là ?

Le sujet l'intéressait, apparemment.

– Ça dépend de la maladie, j'ai répondu.

– Ça va vous paraître bizarre, mais en fait, vous pouvez me donner un renseignement ? C'est pas pour moi, mais quelqu'un que je connais.

Elle bafouille un peu.

– J'ai une amie, enfin une amie…, quelqu'un que je connais, elle adore les animaux, et son chien, mais elle a fait une connerie. Je peux vous expliquer ? Comme ça, vous pourrez me dire quoi faire. Je vous préviens, c'est un peu spécial.

Après tous ces remparts d'avertissements, elle commence à me raconter, dans le détail, le cas de cette « amie » qu'elle connaît assez bien. Dans le détail, pour que je comprenne bien, et que je ne juge pas, le cas de son « amie ».

Son histoire commence de façon assez ordinaire. Cette amie vit seule avec son chien, et ils partagent tout : les balades, les repas, les soirées télé, etc. Ils vivent dans un petit trois pièces biscornu. Il dort dans la chambre – elle sait que c'est pas bien – sur le lit. Elle sait, oui elle sait, parce qu'il se prend pour le maître, etc. Ses amis lui ont dit, c'est pas bien, mais elle voit pas trop le problème. Elle sort pratiquement toujours avec lui. Ça la réconforte. Une affection fusionnelle et réciproque les unit, car il a autant besoin d'elle qu'elle de lui. C'est une relation exclusive. C'est comme un vrai compagnon, ce chien : elle lui parle, elle lui raconte ce qu'elle veut et même s'il ne comprend pas tout, au moins, il écoute…

Un jour, il y a longtemps, elle a ramené quelqu'un à la maison. Un mec qu'elle avait rencontré trois semaines avant, et qui s'accrochait à elle, d'ailleurs elle se demandait pourquoi. Ça a été une belle connerie. Le chien lui a fait une crise, elle s'en rappellera toujours. Il a senti le mâle c'est sûr, parce qu'avec ses copines il était plutôt affectueux. Il a montré les dents et pris une attitude si féroce que l'autre a compris tout de suite que ça pouvait mal tourner et il a reculé. Ça devait pas être un mâle dominant lui. Elle a essayé de lui expliquer, mais il trouvait ça inacceptable, il comprenait rien à la fusion, c'était un con. Elle n'avait pas forcément raison, mais c'était comme ça. Du coup, elle a été vexée et elle ne l'a pas revu.

Elle n'a jamais recommencé. C'était normal. Tant qu'il serait là, ce ne serait pas possible. Après, peut-être… D'abord, elle lui en a voulu, mais en même temps c'était normal. Et même, peut-être que c'était un signe, qu'il fallait interpréter. La fidélité, c'est lui qui en définit les termes. D'ailleurs, elle se disait en souriant intérieurement : il a jamais ramené personne, lui. C'est normal d'aller voir ailleurs de temps en temps, et lui ne s'en prive pas. Mais le lit, c'est le leur. Elle aime sentir sa présence, sa respiration tranquille et la protection qu'il lui offre. Physiquement, ils sont très proches. Souvent ils dorment l'un contre l'autre, comme un frère et une sœur.

C'est vrai, ça se comprend : à aucun être humain on peut donner tant de caresses et laisser s'exprimer son amour, sa tendresse, ses caresses, tous ces petits mots doux qui finissent par soûler les hommes. Alors quand on peut les dire à quelqu'un… Même s'il ne comprend pas, il les ressent, il ressent la douceur, ça c'est vrai, hein ? Et puis lui, il donne. À part quand il mange, il est toujours disponible, jamais lassé. Il vous aime toute la journée ! Une qualité qu'on ne peut demander à aucun homme…

Donc elle a fini par se sentir bien, vraiment bien, que quand il est là. Sinon il lui manque.

C'est à partir de là que je ne connaissais pas.

Elle parle d'une totale intimité avec lui. En le caressant, elle le touchait un peu partout. Il lui arrivait même de jouer avec son kiki, parfois. Comme ça, juste pour rire. Sans intention. Elle trouvait ça drôle que ça lui fasse de l'effet. Pour presque rien, il avait une érection. Elle s'est dit que les mâles, les hommes… ils sont tout le temps en manque ! Elle se demandait si ça lui faisait de l'effet parce que c'était elle ou parce qu'elle avait des hormones femelles elle aussi. Tout ça c'était juste pour le distraire et l'amuser, elle.

La jeune femme m'a regardé, un peu hésitante, mais comme je ne devais pas avoir l'air choqué, elle a poursuivi.

Un soir qu'elle dormait contre lui et qu'elle sentait sa chaleur, elle s'est retrouvée face à lui qui respirait paisiblement. C'est alors que ça lui a traversé l'esprit : une envie de voir ce que ça faisait. Elle était très calme. Elle a fermé les yeux et sans réfléchir à ce qu'elle faisait, elle a doucement soulevé sa cuisse, et en le serrant un peu plus contre elle, délicatement, elle a senti que son sexe était presque contre le sien, à travers sa chemise de nuit. Elle a senti en elle une sensation dérangeante : une attraction étrange mêlée à un malaise. Elle s'est éloignée légèrement. Ça lui faisait quelque chose, c'était sûr. Elle a fait une petite pause et puis, elle s'est rapprochée de nouveau, et elle a commencé à prendre son sexe, heureusement il était très calme, et elle l'a frotté contre son pubis et entre les instants où elle se voyait en train de faire ça, elle a pris du plaisir. Quant à lui, il était plutôt calme. Et ça la rassurait.

Par une sorte de curiosité irrépressible, elle avait toujours envie d'essayer un peu plus loin. Forcément, à un moment, elle a eu envie de faire pénétrer le sexe.

Là, la jeune femme m'a quand même envoyé un coup d'œil furtif, comme pour vérifier que mon regard n'était pas trop sévère.

Comme les maladies lui faisaient quand même peur, elle a sorti la vieille boîte de préservatifs qui dormait dans la table de chevet. Par chance, ils n'étaient pas périmés. Elle lui en a enfilé un, tout excitée. Elle n'avait jamais fait ça. Elle a remarqué que c'était facile à enfiler parce que son sexe était beaucoup plus fin, bien qu'il soit plus long. Il se laissait toujours faire. Mais le problème est arrivé lorsqu'elle a tenté de faire pénétrer le sexe avec la capote en elle. Elle commençait à peine à se laisser aller, lorsque le préservatif a éclaté, sans doute à cause de l'extrémité assez pointue de son sexe et d'un mouvement un peu brutal. Elle a senti une énorme honte l'envahir, s'est sentie très sale. Elle est allée prendre une douche et puis une autre. Rien ne calmait le malaise et la sensation de souillure qui l'avaient envahie. Elle ne comprenait plus comment elle avait pu en arriver là. C'était presque un viol.

À partir de ce jour, tout a basculé. Sa présence la gênait. Elle a même commencé à le détester. Et puis elle a paniqué en se demandant si elle pouvait attraper une maladie. Elle avait trop honte pour aller voir un gynécologue ou un médecin.

– Et donc vous vouliez savoir pour les maladies, j'ai demandé, c'est ça ?

– Oui, les maladies et puis si le chien il ne va pas être troublé et prendre sa maîtresse pour sa chienne, enfin, il peut croire qu'il est le mâle, etc., vous voyez ?

– Je pense qu'il n'a pas eu besoin de cette histoire pour se prendre pour le mâle ou le chef de la meute, vous savez. Ça, c'est déjà fait. Et puis, il n'a aucune notion de moralité, lui. Alors, il est sans doute moins choqué que votre amie.

– Vous pensez ?

– Par contre, il faut changer toutes ses habitudes et le remettre à sa véritable place. Il doit reprendre sa place de chien.

– Et il m'en voudra pas ?

– Au début, il sera contrarié, et puis ça ira.

Je n'ai pas relevé qu'elle venait de parler d'elle-même. Je me suis tourné vers Buenos :

– Qu'est-ce que tu en penses de cette histoire, j'ai lancé à Buenos, tu es d'accord, non ?

Le dogue a légèrement levé la tête et haussé un coin de sourcil. Il nous adressé une espèce de regard blasé avant de se rendormir dans une outrageuse indifférence. Un air un peu snob et un peu blasé qui semblait dire : « Oh, vous prenez pas la tête, les humains. »

On a ri tous les deux. Je l'avais ma pirouette. Merci Buenos. J'ai pris ma veste pour partir, alors elle m'a demandé :

– Et pour les maladies, y a quelque chose à faire ?

– Ah oui, les maladies… Non, ne vous inquiétez pas… elle risque juste une petite mycose, au pire.

Je lui ai laissé une prescription pour une pommade locale, pour son « amie ».

Il faisait grand jour, alors je les ai laissés à leurs affaires. J'ai retrouvé Gabin qui m'attendait sagement dans la voiture, et je suis rentré me coucher.

Histoire d'Antoine

Tout va bien. Vous êtes dans la force de l'âge. Vous avez une alimentation régulière, équilibrée. Des paramètres sanguins impeccables. Vous êtes vacciné, pesé, suivi, au petit poil. Les gens vous regardent, et ils disent que vous êtes un corniaud, un croisé, que vous êtes donc tellement plus solide.

Vous vivez dans une parfaite insouciance, et puis un soir, vous vous sentez un peu vaseux, un peu moins bien. Vous avez juste le temps de vous demander ce qui se passe. Vous ne savez pas pourquoi mais un type vient voir. Un type comme vous n'en avez jamais vu, avec un tuyau rouge autour du cou, un type qui fait semblant de vous scruter avec un regard extralucide. Il a un air rassurant, il inspire confiance. Il sourit. Il vous tripote dans tous les sens, prononce quelques phrases rassurantes, se veut serein. Mais il ne sourit plus de la même façon. Et vous voyez bien qu'il réfléchit. Qu'il cherche. Il voit quelque chose, mais il ne sait pas quoi. Mais ça, bien sûr, il ne le dira pas. Pas question de l'avouer. Jamais. Il fera quelques périphrases mais il ne dira rien.

Les vétos ne sont pas idiots. Avec les médecins, ils ont compris que certains symptômes, certaines maladies ne pouvaient pas rester « inexpliquées » ou « non identifiées », malgré les efforts de la science. Ça ferait trop mauvais effet. Alors ils ont inventé un terme général. Un cache-mystère. Ainsi, quand ils ne savent pas, ils parlent de maladie « idiopathique ». Si vous entendez ça, n'allez pas penser que c'est une maladie qui touche les idiots. C'est le terme parfaitement sérieux pour dire que la science est ignorante.

Mais qu'elle ne le dira pas.

… SANS PEUR ET SANS REPROCHE

C'est une petite maison de Gentilly, avec des volets peints et des rideaux à dentelles aux fenêtres. Une maison toute bleue avec un petit jardin, habitée par une vieille dame chez qui j'ai débarqué un soir de mai.

– Vous êtes tellement aimable de venir, dit-elle en m'ouvrant la porte, je ne savais pas qui appeler. Ma fille n'est pas là, même si c'est mon anniversaire ce soir – j'ai soixante-seize ans – elle est fâchée avec moi, ma fille, et comme mon fils est à l'autre bout du monde… Quant à ma mère, elle est à l'hospice, inutile de compter sur elle, bien sûr.

Ce sont d'abord ses petits yeux bleus que l'on voit. Puis son sourire, et ses lèvres brillant d'un rouge éclatant. Du haut de ses soixante-seize ans, Mme Balissat me fait l'effet d'une jeune fille un peu survoltée, coquette et maquillée comme pour aller danser. Difficile de ne pas se douter qu'elle s'est offert un petit lifting – pour ses soixante-dix ans peut-être…

Tout en parlant, elle a étalé une serviette rose sur la table en formica de la cuisine. J'étais encore loin d'avoir une idée du motif de la visite.

– Que je vous dise… Faut vous dire que… voilà, c'est le chien de… enfin c'était le chien de mon fils, qui était marié et qui a divorcé et qui est parti à l'étranger, et c'est moi qui ai repris Antoine.

– Antoine ?

– Ah ! Oui, « Antoine » (elle me désigne son chien qui dort dans son panier molletonné). Oui, il s'appelle Antoine… Entre parenthèses, c'est pas moi, c'est ma belle-fille qui voulait lui donner un nom comme ça… C'est curieux je sais mais enfin voilà. Et peut-être que je m'inquiète de trop mais je le connais bien et là, eh ben, on me dira ce qu'on voudra mais il est pas comme d'habitude !

– Ah… c'est-à-dire ?

– C'est-à-dire qu'il n'est pas le même, vous voyez ? C'est sa façon de lever la queue, elle est plus… plus… enfin… et quand il vient à sa gamelle, sa façon de la regarder, c'est pas son habitude, vous voyez ? J'ai pensé : est-ce que ça peut être la leishmaniose, parce que sur internet j'ai vu que… Attendez…

Elle sort un petit calepin du tiroir du buffet voisin, un calepin où elle marque tout ce qui concerne son Antoine. C'est clair et rigoureux : durant les deux derniers mois il y a eu la vaccination « RPCL », deux vomissements « glaireux et secs », un anti-puce, une selle très claire et molle mais pas liquide, un petit bouton rouge près de l'épaule droite pendant deux jours, etc. J'écoute sans l'interrompre, en me demandant s'il peut y avoir un lien entre tout ça et ce qui nous préoccupe ce soir. Cinq minutes et un catalogue de détails insignifiants plus tard, j'en arrive à la conclusion que non.

– Bien, j'ai dit, et aujourd'hui, pour résumer, ce que vous avez remarqué d'anormal, donc, c'est qu'il est pas comme d'habitude, c'est bien ça ?

– Oui, docteur, c'est exactement ça.

Je fais consciencieusement le tour de mon sujet, du museau au bout de la queue. Je palpe, j'écoute, je scrute, je retourne Antoine, je presse, je sens… Et je ne vois rien, absolument rien.

– Alors ? Il n'a rien ? Je demande ça, dit-elle, parce que je pense que peut-être il est tout simplement triste parce qu'il sent.

– Il sent ?

– Oui, il sent que ce soir c'est mon anniversaire et que je suis toute seule, et alors ça le rend triste.

Elle dit cela avec son sourire joyeux. Ses grands yeux bleus clignotent d'une étrange malice. Je n'arrive pas à savoir si elle est inquiète.

– Il sent absolument tout, vous savez, dit-elle. L'orage, les tremblements de terre, et même les soucis. C'est un croisé pinscher. Les pinscher, ils sentent tout.

Elle me scrute avec un sourire réconfortant mais je me méfie. Le chien remue la queue. On dirait qu'il veut nous rassurer lui aussi. Mais rien, pas un seul signe anormal, rien. Juste un peu « triste » quoi. Et encore, je ne sais pas comment il est quand tout va bien, ce chien… Serait-il un peu survolté comme sa maîtresse ? Je la soupçonne un peu d'appeler le vétérinaire pour s'offrir une visite « d'anniversaire ». Mais je ne veux pas passer à côté de quelque chose. Le sourire, l'ironie, les histoires de famille, l'émotion, l'anniversaire, c'est le piège : tout concourt de façon flagrante à me faire passer à côté de quelque chose. Une de ces maladies qui commence par « il est pas comme d'habitude » ou « il a pas fini sa gamelle ». Car bien sûr, le premier jour, toutes les maladies se ressemblent : un air un peu triste, une légère baisse d'appétit, une imperceptible baisse de forme, voilà les seuls symptômes dont je dispose, les mêmes pour une petite contrariété et pour un cancer du foie, du sang ou je ne sais quelle pathologie mortelle. Il faut se débrouiller avec ça.

Antoine me semble en parfaite santé, mais bien sûr, je ne peux pas dire ça. Elle doit sentir qu'elle a eu raison d'appeler. Et en même temps, je ne veux pas gâcher sa soirée.

– Rien d'inquiétant, je lui dis. Dans l'immédiat, on va mettre en place une surveillance. Vous allez bien faire attention comment il va à la selle, son pipi, combien de fois, vous allez mesurer la quantité d'eau qu'il boit, etc.

– Oui… ?

– … Et alors on avisera.

– Bien. Je préfère ça. Mais il a quelque chose ou pas ?

– Non, j'ai dit, non, non, tout va bien !

– Peut-être que je me suis inquiétée pour rien alors, mais je préférais vérifier… Si vous vous n'avez pas peur, ça me rassure, je sais que je peux dormir tranquille !

Le chouchou est allé se poser à côté, dans son panier, et elle s'est dirigée vers le gros buffet en chêne avec le napperon en dentelle.

– Dites, si tout va bien, on peut arroser ça, non ? Vous voulez boire quelque chose ? C'est mon anniversaire, vous me refuserez pas une petite coupe de champagne.

Ça ne se refusait pas.

Et puis on a parlé. Ou plutôt elle a parlé. Elle m'a raconté son passé de conductrice de camions en Angleterre, pendant la guerre de 1939. Son mariage à Londres, son mari, un fermier tchèque immigré. Il était bel homme, tenez ! (me montrant la photo). Trente-cinq ans ensemble, et crac, un beau jour, comme ça. Mort de sa belle mort, y a pas à dire. Depuis, elle préfère l'amitié.

Je n'avais pas d'appel. Tout le monde semblait bien tranquille et en pleine forme ce soir-là. Elle a sorti quelques petits gâteaux et une crème au citron.

– Mais y a que moi qui parle, elle a dit avec un sourire malin, et vous, vous n'avez rien à raconter ? Vos devez voir des drôles d'histoires…

– Vous avez raison, j'ai répondu. Mais ce ne sont pas des histoires très drôles à raconter.

– Vous avez l'air fatigué. Vous faites pas ça toutes les nuits, quand même ?

Je faisais ce métier presque toutes les nuits. Et sans doute avait-elle raison, je ne savais pas m'arrêter et je ne faisais pas beaucoup attention à la fatigue. Elle me scrutait d'un regard perçant et bienveillant à la fois.

– Il faut être très fort pour faire ce métier, car vous devez sentir les choses. Je suis très impressionnée. Comment faites-vous pour deviner ce qu'ils ont ?

Je savais que cette flatterie était aussi un piège. Mais j'expliquai sans modestie qu'à force de travailler à domicile, j'étais contraint de développer mon intuition, car je ne disposais pas d'examen complémentaire.

Elle a trouvé cette explication très convaincante et nous a servi un quatrième calva.

Une heure plus tard, je l'ai quand même quittée après avoir jeté un dernier coup d'œil à Antoine, qui a remué la queue pour mon départ. On s'est embrassés, elle a promis de me donner des nouvelles, moi de même, et je suis parti le cœur léger.

*

Le lendemain matin, 11 heures, coup de massue : appel de Mme Balissat, la voix tremblante. À son réveil, elle avait trouvé Antoine mort dans son panier. Tout raide. Et froid.

– J'ai failli vous appeler avant d'aller dormir parce que je trouvais qu'il allait encore moins comme d'habitude, mais je n'ai pas voulu vous déranger pour rien…

Elle m'a redit comme elle l'aimait, sa bête, et comme c'était soudain, etc. J'ai réfléchi, pensé à un accident vasculaire, bien sûr, et à quelques hypothèses. Aurais-je pu percevoir quelque chose ? J'ai repensé à la coupe de champagne et aux petits gâteaux, j'attendais les reproches, la colère, l'incompétence… Mais elle était toute douce et il n'y a pas eu le moindre accent de reproche dans sa voix. Elle a juste eu cette petite phrase un peu triste :

– Mais, docteur, pourquoi vous m'avez pas dit qu'il allait mourir ? Parce que c'était mon anniversaire ? Vous auriez pu me le dire, vous savez…

Nos histoires

Nos vies sont brèves. Pour savoir quel est l'âge « humain » des chiens, on dit souvent qu'il faut multiplier par sept. C'est vrai. Nos vies sont sept fois plus brèves que celles des hommes. On pourrait dire aussi qu'il y a sept vies de chien ou de chat dans une vie d'homme. Et s'il y a sept vies, on peut estimer qu'il y aura aussi sept morts.

Cette brièveté, c'est quelque chose que les humains oublient souvent. Ils s'attachent si forts à nous qu'ils oublient. Ils vivent chaque jour en dissimulant la force de cet attachement. Sans doute parce que nous leur servons justement à oublier un instant la brièveté et donc le poids de la vie. Alors un jour ils pleurent cette vérité qui leur revient si durement à la figure : nos vies sont brèves. Les nôtres, donc les leurs.

Alors ils souffrent et ils pleurent. Ils disent que c'est trop dur, que c'est le dernier.

Et puis bientôt ils se consolent, et ils oublient.

Et ils passent au suivant.

Toi tu as l'habitude. Tu passes et tu observes. Toutes les nuits il y a des histoires, et des vies qui s'arrêtent, un qui te file sous les doigts. Toutes les nuits des souvenirs, et des confidences. Un déchirement, et puis un vide. Et souvent un fardeau à prendre sur les bras. La brièveté de la vie, tu ne l'oublies jamais.

Tu n'es pas là pour pleurer ou t'épancher. Tu ne verses jamais de larmes. Si elles montent, si elles arrivent au bord de tes yeux, personne ne les verra. Tu fronces les sourcils et ta voix tremble un peu. Alors tu baisses les yeux, tu prends une grande respiration, et tu les retiens. Et tu fais ton travail.

Tu écoutes. Tu t'efforces de respecter cette tristesse, cet attachement parfois démesuré, et tu écoutes. Tu cherches les mots ou les silences qu'il faut. Tu sais qu'aucun mot ne remplace certains silences. Tu es poli, aimable. Tu es calme. Peut-être trop calme. Trop aimable. Dans le fond, tu ne fais pas de trop de sentiment. Tu es dur. Ça se voit. Parfois tu es très dur. Ou absent. Parfois on dirait que tu t'en fous. Ce n'est pas que tu juges. Mais tu n'es pas là. Parfois tu fais juste ce que tu as à faire. Après tout, je crois que tu fais ce que tu peux.

Ce soir-là, tu es passé voir chacun de nous, mais tu n'as presque rien eu à faire. Ce soir-là, tu n'as sauvé, ni aidé personne, du moins c'était ton sentiment. Tu es juste arrivé trop tard. À chaque fois. Ce soir, tu n'as pas su quoi dire. Trop de fois, il n'y avait rien à dire, de toute façon, et rien à faire. Ce soir-là, tu en avais marre de leurs histoires. Ce soir-là tu as craqué. Personne n'a rien vu, mais tu as laissé tomber.

... SERIAL KILLER

Cette nuit-là avait commencé à Choisy-le-Roi, au sud de Paris. Des Chinois ont appelé vers 21 heures, pour un vieux chien « qui bougeait plus ».

– Lui plus bouger !

– Il bouge plus… du tout ?

– Depuis trois jours, lui pas bouger !

– Est-ce que vous pensez qu'il est encore vivant ?

– Ah ben oui : trois jours que lui se plaindre… ! Nous pas dormir… !

Parfois « il bouge plus » ça veut dire « il est mort », et parfois ça veut dire qu'il est un peu moins surexcité que d'habitude, il faut traduire. En chinois, « qui bouge plus », ça veut dire qu'il n'est pas bien du tout du tout du tout. Au bord de la nationale, derrière la petite boutique d'un traiteur chinois à Choisy-le-Roi, un petit escalier descend vers une espèce de cave mal éclairée où l'on ne tient debout que plié en deux, dans une odeur acide de fiente de volaille, et de vagues relents de pourriture organique. Mon estomac s'accroche comme il peut. Dans l'ombre, des gémissements m'indiquent où se tapit la pauvre bête, baignant dans un jus pestilentiel. L'humidité, la pourriture et les asticots sont déjà à l'assaut de la chair en décomposition, mais la vie est encore là.

Derrière, à la porte, la petite dame chinoise n'ose approcher.

– Si lui trop souffrir, peut-être rien à faire pour lui soigner…

J'ai soupiré, dégoûté. Il n'y avait rien à ajouter. Dans cette puanteur, je n'avais pas envie de traîner, ni d'expliquer, ni de reprocher quoi que ce soit. J'ai enfilé deux paires de gants et j'ai préparé la seringue de barbiturique. Le malheureux n'a pas bronché lorsque la vie a quitté silencieusement son pauvre corps en décomposition. J'ai glissé son cadavre dans un sac, puis un autre, et encore un autre, puis j'ai porté le tout dans le coffre avant de l'emmener en chambre froide.

*

On a beau dire « j'ai l'habitude », et on peut se laver les mains dix fois, certaines odeurs s'installent dans les narines, comme pour vous rappeler leur présence à chaque inspiration. J'étais donc un peu remué lorsque j'ai dû enchaîner à La Courneuve, au nord de Paris, pour un chat qui avait chuté du huitième étage. Il était 22 heures.

Ce sont les « parachutistes », comme on les appelle dans le jargon vétérinaire. Ces chats glissent du balcon ou se croient pousser des ailes en tentant d'attraper une mouche. À l'arrivée, en bas, c'est la roulette : soit ils n'ont quasiment rien, soit ils sont au plus mal. À moins de cinq étages, tout est possible. Mais à partir du six ou septième, la situation devient presque toujours critique, voire irrécupérable.

Dans le couloir devant la porte de l'appartement, les voisins étaient alignés, comme pour une veillée funèbre et je n'ai eu qu'à suivre les pleurs. Ça parlait bas, il flottait un je ne sais quoi de peu avenant.

Le chat était sur la table de la cuisine, enveloppé dans une serviette en sang. Tout autour, trois personnes me dévisageant en retenant de timides sanglots. Deux femmes, et un homme, d'une cinquantaine d'années. Pas un mot. *À toi de jouer...*

Le pauvre matou avait des fractures de partout : bassin, antérieurs, cage thoracique, et surtout des muqueuses blanches comme de la porcelaine (à coup sûr une hémorragie interne), une respiration agonisante, le regard presque vide. La totale. On n'était pas loin de la fin. C'était foutu quoi. Il était inutile de perdre du temps à tergiverser. J'ai juste regardé les propriétaires avec une petite moue avant de parler, avec un signe négatif de la tête.

– Il est au plus mal, j'ai dit, je suis désolé mais je ne peux plus rien, c'est trop tard, je suis désolé...

Il y a eu comme une décharge. L'homme s'est figé. Les deux femmes se sont tournées vers lui, dans la crainte de la réaction qui allait venir. J'ai vu son visage se crisper et un cri ne pouvoir surgir de sa bouche grimaçante. La respiration bloquée, le corps raidi, les dents serrées, désespérant de trouver un appui autour de lui. Alors il s'est approché du chat, l'a pris dans ses bras, avec tout le sang qui fuyait partout. Il semblait chercher un exutoire parmi sa femme, les voisins désemparés, avant de finalement se retourner vers moi en balbutiant :

– C'est pas... vous... vous venez me dire... Ça !?...Entendre ça ?! Mais allez-y faites quelque chose ! Il est vivant, faites quelque chose !

Sa femme est allée vers lui, a vainement essayé de le tempérer. Voyant que je ne ferais rien, il est allé soudain vers le balcon, et alors les deux femmes et les voisins paniqués se sont précipités, craignant le pire. On l'a ramené à l'intérieur. Il a écarté violemment ceux qui le tenaient.

– Écartez-vous ! il a crié, foutez le camp, laissez-moi, tous !

Il le tenait maintenant dans ses bras en le berçant comme un bébé pour qu'il s'endorme. Il s'est effondré, assis par terre. Sa femme l'a pris dans ses bras, elle aussi, et lui parlait d'une voix douce pour le raisonner. Autour, tout le monde donnait son avis. S'emportait. C'est devenu une pagaille. Quelqu'un a demandé pourquoi il n'était pas retombé sur ses pattes, comme tous les chats – « quand ils tombent, c'est toujours comme ça, normalement ».

Pendant ce temps, le chat, la gueule grande ouverte, agonisait. Se débattait même. Il fallait faire quelque chose. J'ai doucement proposé d'abréger ses souffrances. L'homme a hurlé. « Jamais, jamais », il n'en était pas question. Personne ne toucherait à son chat. « Personne ».

J'ai senti qu'il n'y avait rien à faire, qu'il était inutile de discuter, malgré les tentatives de sa femme. Ça me faisait mal au cœur de laisser le chat comme ça, mais il n'en avait plus pour longtemps. J'ai rangé mes affaires, enfilé ma veste. Je me suis lavé les mains. Après tout, ça ne changeait pas grand-chose. Avant de partir, j'ai jeté un coup d'œil au matou qui prenait ses tout derniers souffles. C'était déjà fini quand le maître s'en est rendu compte. Il lui soulevait la tête en lui parlant, affolé.

– Mitsou ?…Mitsou ?!

– C'est fini, monsieur, j'ai dit.

– Mitsou ?…Tu m'entends ?

Il l'a repris dans ses bras, un peu secoué sans conviction, avant de s'immobiliser. Il a regardé par la fenêtre et a pris une toute petite voix, une voix fragile et suppliante de petit garçon pour demander :

– C'est fini, Mitsou ?…On peut pas lui faire un massage cardiaque, quelque chose ? On peut pas… ?

Puis, pendant quelques instants, il s'est contenté de le fixer, complètement détaché, ne montrant absolument aucune émotion. Il a compris. Sa colère s'est vidée d'un souffle. Il s'est laissé glisser au bas du mur, désarmé, et touchant. Les larmes coulaient sur ses joues. Vidé. Il n'était plus que l'innocente victime de sa propre furie et de sa détresse. Je n'ai rien ajouté. Les deux femmes étaient près de lui, à genoux, mais personne ne bougeait. J'ai rangé mes affaires et je suis parti sous le regard incrédule des voisins.

*

Puis ce fut la visite pour une petite gastro, suivie d'une intoxication à la crimidine, un raticide mortel. Ces petits sachets roses traînent partout, les chiens les trouvent et en ingèrent régulièrement. Je suis arrivé peu après l'arrêt respiratoire, et la réanimation de l'épagneul a échoué. Le type, un grand gaillard de soixante ans, était vraiment secoué. Il vivait seul dans un appartement bien rangé. Il s'en voulait « à mort » de ne pas avoir fait attention.

– C'est bête de pleurer, il disait en se mouchant… mais c'était comme mon copain ! Y me suivait partout… J'en aurai plus, il a ajouté à la fin en me raccompagnant, cette fois, c'est le dernier !

Je connaissais trop cette réaction. Je n'ai jamais trouvé ce que je pouvais dire à ça.

*

Il était 3 heures 30 et je n'en pouvais déjà plus. C'est alors que vint l'appel de trop.

C'était un AVP, un Accident de la voie publique, près de Montparnasse. Un chien sans laisse avait traversé et s'était fait percuter par une voiture. Les gens m'attendaient sur le trottoir, avenue du Maine, et c'est là que j'ai fait l'examen. Le pauvre golden retriever gisait sur le bitume. Les deux hanches brisées, la colonne vertébrale atteinte, et perdait du sang par l'anus. Il y avait beaucoup de séquelles prévisibles, dont la paralysie à coup sûr… Mais à vrai dire, il n'avait quasiment aucun espoir d'en réchapper.

Alors j'ai senti comme un poids de trois tonnes sur mes épaules. Je me suis vu une nouvelle fois jouer la suite de la scène : prendre un air grave, annoncer ce sombre pronostic qui ne laisse que très peu d'espoir. Résumer la situation. Expliquer. Répondre aux questions. Confirmer. Répéter. Et puis la résignation. Les sanglots. Encore les sanglots. Garder une distance. Enfin les adieux, toujours déchirants. Penser à autre chose. Pour l'euthanasie. Veiller à garder mon sang-froid. Me concentrer pour ne rien ressentir. Pour être précis. Après une tranquillisation, prendre une bonne inspiration et enfoncer l'aiguille, injecter doucement les barbituriques qui filent dans le sang jusqu'au cerveau et attendre que tout s'arrête.

Une dernière expiration, parfois, et même quelques derniers battements cardiaques faibles et isolés.

Et puis le silence. Les larmes encore. Quelques mots de réconfort, une mine de condoléances. Ensuite glisser le corps encore chaud dans le grand sac blanc. Repartir avec. Le porter jusqu'à la chambre froide. Et repartir encore.

Tout cela.

Ça faisait déjà beaucoup pour une nuit. Trop de morts ce soir-là. Trop de séparations, de larmes dans leurs yeux, de mots de circonstances, de mines affligées. Je ne pouvais plus en supporter autant.

Alors je n'ai rien dit. J'ai plongé dans ma trousse, fait trois injections, un vague commentaire sur la suite, et je les ai envoyés vers une clinique d'urgence.

Le ciel était noir. Je me suis mis au chaud dans la voiture, et je les ai regardés s'en aller.

Je n'étais donc pas insensible ? Non : ni froid, ni insensible. Et pourtant… J'en avais fait des dizaines de cet acte, devenu presque banal. Un geste simple, le même que pour n'importe quelle intraveineuse. Donner la mort : geste d'une troublante facilité, d'une étonnante douceur. Une vie de chien qui s'arrête, ce n'est pas si terrible. La belle machinerie s'arrête tout doucement, sans cri, sans résistance, le corps se relâche, la souffrance cesse, sans autre état d'âme que celui du maître.

Non, il ne sait pas qu'il va mourir. Le passage de la vie à la mort n'est qu'une pente douce vers un repos. La mort frôle la vie. La vie s'en va sans un cri. Finalement, la mort de la bête ne me chagrinait pas. Cette mort-là, en fait, ne me faisait plus rien. C'était la tristesse des gens bien sûr. Je me laissais encore impressionner par leurs émotions, comme de la pellicule photo. À chaque fois, je prenais tout dans la figure, et je n'en pouvais plus.

Il était 4 h 15. J'ai fait un dernier effort pour sortir un peu Gabin avant de rentrer en roulant doucement, fatigué, triste, vulnérable. Et un peu barbouillé aussi : de sales odeurs chatouillaient encore l'intérieur de mes narines. Je me suis déshabillé comme un automate et me suis couché. La respiration lente et lasse. Le corps et l'âme imprégnés, chargés de tous ces moments-là. En fermant les yeux, j'ai senti comme si une longue aiguille s'enfonçait jusqu'à mon cœur et me donnait le sommeil de l'oubli.

Histoire de Goran

Le môme a tout vu. Il pourrait tout raconter. Tout. Mais je sais qu'il ne dira pas la vérité. Bien sûr qu'il ne la dira pas. Il ne la dira à personne. Ce mioche est mal parti. Il est trop silencieux, trop secret. Il va enfouir cette histoire-là, ce mystère, et garder ça comme un os sous la terre. Et personne n'en saura jamais rien.

La vérité, je vais vous la dire. Dans le jardin, il n'y avait que nous trois : le môme, le petit merdeux qui m'a attaqué, et moi-même. Ça a commencé lorsque ce morveux m'a mordu au flanc. Sans sommation, sans avertissement, rien. C'est un petit excité, qui n'a pas appris à se contrôler. Il m'a fait une méchante entaille, quand même. Qu'est-ce qui lui a pris à ce con, je me dis, il sait que je peux le zigouiller. Moi je suis pas de nature violente, on me connaît, plutôt du genre paisible. Un husky ne cherche pas la bagarre pour rien. Mais je n'allais quand même pas me laisser faire par un petit merdeux que je peux croquer d'une bouchée. Faut pas me chercher. Donc je me retourne, je le saisis direct par le cou, entre mes mâchoires, et je serre un peu.

Pas au max, c'était juste pour lui faire peur. Je contrôle. Le petit merdeux gémit faiblement, et le môme est là, assis à côté, sans bouger. Je croise son regard, pendant que je tiens toujours l'autre entre ma mâchoire. Le môme ne bronche vraiment pas, il nous regarde, toujours immobile. Finalement quand l'autre nabot commence à hurler, le mioche gueule sur moi et je lâche prise, immédiatement. Là, l'autre se retrouve à terre, et il a une plaie qui saigne un peu. Franchement, c'était pas méchant. Ça allait encore.

C'est à ce moment-là que le petit a eu un air bizarre. Il a regardé le caniche qui était KO, couché sur la pelouse. Je sais pas ce qui lui a pris : il a saisi le caniche par le cou, il a serré, serré, jusqu'à l'étouffer. Le petit a une force étonnante pour son âge, et le caniche n'avait même pas l'énergie pour se débattre. En quelques secondes, comme je vous le dis, le môme a achevé le petit merdeux.

... GENS DU VOYAGE

C'était dans une petite rue du centre-ville de Saint-Denis. Il faisait doux, c'était un soir de juin, vers 22 h 30, et j'avais un appel urgent pour morsures, suite à une bagarre entre chiens.

Un groupe de jeunes Noirs et de Beurs était posté juste là, de l'autre côté de la rue où j'étais en train de me garer. J'ai repéré le petit escalier qu'on m'avait indiqué près de la boutique d'épicier. J'ai laissé Gabin, le chien le plus inoffensif du monde, monter la garde de ma vieille poubelle à quatre roues, et je suis monté en hâte vers ma visite.

J'arrive dans un petit appartement sombre au-dessus de la boutique. J'entends le son d'un violon. Dans le salon, ça joue aux cartes. Des enfants s'agitent sur un canapé. L'appartement déborde. Il y en a partout. Toute la famille Rajko, quatre générations au grand complet. Les marmots, les fils, les fils des fils, les tantes, les filles, le père, et le papé, tout le monde est là, sous le même toit. Piaillant, riant, jouant.

On m'observe et me salue poliment. Tout le monde est endimanché. Une jeune fille me précède dans le couloir.

– La grand-mère est morte hier, m'explique-t-elle, alors c'est pour ça, y a la famille.

Nulle tristesse à l'heure de la veillée. Assises par terre, dans le couloir, deux petites filles chantonnent doucement en se faisant des tresses.

– Mais laissez passer le monsieur, a dit la jeune fille… enfin le docteur, on dit « docteur », hein, monsieur ?

– Dites comme vous voulez, j'ai répondu.

Elle sourit, gênée. Chaleureuse. On arrive à la cuisine, où quelques femmes discutent à voix basse, dans un véritable décor de bazar : bric-à-brac du sol au plafond, armoire, vaisselle, tapis, théières, narguilés, tissus, cartons prêts à repartir peut-être. Toute la famille s'est peu à peu approchée, et s'est agglutinée dans la petite cuisine, comme un public autour de la piste. Des visages, une nuée de visages qui attendent le spectacle.

– Vous voulez vous asseoir ?… Est-ce que vous voulez boire quelque chose ?

Sur la table, le motif de ma visite : un husky tout hébété, avec une large plaie sur le flanc gauche au niveau du diaphragme. Ça saigne. Sur la nappe encore tâchée de sauce tomate, on a posé une grande serviette et j'ai couché le husky dessus.

– Vous avez assez de lumière, docteur ?

On me trouve une lampe de poche, que la petite va tenir, pour éclairer la plaie. La jeune fille s'adresse à un garçon de 7 ou 8 ans, avec un petit air intrépide :

– Dis comment ça s'est passé, raconte au docteur, toi !

– J'ai pas vu comment ça a commencé, a répondu l'enfant. Ils étaient dans le jardin.

– Y vivé ensemble depuis toujours, c'ité comme deux frères, a ajouté la mère, y si chamaillé tout le temps.

– Mais ça on s'en fout, a dit un homme, comment il s'est fait… ?

– Ben, il était là, l'autre il l'a secoué comme un chiffon, comme un chiffon il l'a secoué, il l'aurait bouffé ! Et alors j'ai juste donné un coup de pied pour les séparer. Et puis alors, il l'a lâché.

À ce moment, le husky a levé un peu la tête et m'a jeté un drôle de coup d'œil en biais.

– Tu les as séparés ? C'est bien, j'ai dit.

– Y avi plein de sang, c'itait horrible. On a retrouvé son frère, i respirait même plou.

– Déjà mort, tiens ! a ajouté le petit.

Le petit n'avait pas l'air très impressionné par ce qu'il avait vu. Ces gens-là ne sont pas des tendres, j'ai pensé…

Le husky tremblait. La plaie faisait bien dix centimètres, et le morceau de peau sanguinolent pendait sur le côté. Mais il avait eu de la chance : le tissu musculaire et la plèvre étaient intacts. Dans la lumière vacillante de la lampe de poche, ce que j'ai vu, c'est qu'il y avait de la suture, du boulot pour moi, là, au milieu d'un public ébahi. Un spectacle pour toute la famille… De l'autre côté de la table, un vieil homme – le patriarche, pour être précis – était assis au premier rang, juste en face de moi, silencieux depuis le début. Mais je sentais son regard intense et pénétrant qui ne me quittait pas. C'était un vieillard élégant : complet gris rayé, chemise râpée, avec gilet et veste de saison. Son visage anguleux avait de belles rides sinueuses et profondes. Il a parlé, et puis la jeune fille a traduit ses propos :

– Il demande s'il va mourir aussi celui-là.

– Il va s'en sortir, j'ai répondu, tout en parant la plaie.

– Il dit aussi qu'on s'occupe très bien des bêtes ici, a repris la jeune fille. Il comprend pas ça…

– Papé, eh, a coupé un jeune homme, il faut laisser le vétérinaire travailler.

Le husky endormi, je désinfectais la plaie, avant de commencer la suture. Le papé n'était pas décidé à me lâcher. Il a continué à parler, mais la jeune fille ne traduisait pas.

– Qu'est-ce qu'il dit ? j'ai demandé.

– Rien, rien, docteur, vous inquiétez pas, il parle tout le temps, il dit qu'il a de la chance, lui, qu'il a de la chance d'être un chien.

– Eh ! Faut pas l'écouter, a dit le fils.

J'essayais de me concentrer sur mes points : points simples, croisés, en X, ou points en U ? Je sentais les regards attentifs de la tribu tout entière, qui étaient comme une invitation à la démonstration. Je suais à grosses gouttes.

– Eh ! Il doit avoir soif, le docteur, a dit une femme, qu'est-ce que vous attendez pour lui servir quelque chose à boire !

Le papé a parlé à la petite, en indiquant l'armoire. On a sorti une bouteille d'un liquide brunâtre, et des verres. La goutte de l'armoire n'allait absolument pas combler ma soif, mais j'ai senti que ça ne se refusait pas.

– Alors ? a demandé un homme, alors ? Eh, hein ? Elle est pas bonne, la goutte du bled ?

– Excellente !

– Tiens, ressers le docteur.

En face de moi, le papé s'est remis à palabrer et la jeune fille a repris la traduction : faire venir quelqu'un pour s'occuper d'une bête, vraiment, il trouvait ça un peu gros. Mais il était préoccupé par autre chose.

– Il dit qu'il faut voir l'autre chien, savoir de quoi il est mort, l'autre. Il dit que c'est mauvais signe, après la mort de la grand-mère. Il dit que c'était le chien de la grand-mère, que c'était comme deux frères, les chiens, et alors il craint qu'un mauvais esprit soit venu.

Je finissais la suture. Dans son demi-sommeil, le husky respirait lentement, sans difficulté. Le papé continuait à parler, pendant que j'essayais encore de me concentrer sur les derniers points.

– Eh papé, arrête de faire de la philosophie, a dit le fils. Ah… ! Il parlait pas comme ça avant : il chantait ! C'était même un grand chanteur là-bas…

Après avoir serré le dernier point, j'ai posé le husky dans son panier. J'ai laissé le matériel tout ensanglanté et on est allé voir au fond du jardin, derrière l'immeuble.

Le jardin ressemblait plutôt à une sorte de terrain vague, abritant deux caravanes et quelques détritus. Dans le noir, sous un arbre, on m'a montré le cadavre du caniche, son frère, posé sur une couverture blanche. La jeune fille semblait inquiète :

– C'est pas bon signe, le lendemain… C'est pas normal. C'est un signe.

J'ai jeté un coup d'œil. Il avait une toute petite plaie sous la mandibule, au niveau de la carotide droite, et il y avait quelques gouttes de sang. Les muqueuses étaient cyanosées, pas blanches du tout, comme ça aurait été le cas s'il était décédé d'une hémorragie. C'est ce que j'ai indiqué à la jeune fille.

– Ça veut dire quoi ? elle a demandé.

– Ça veut dire qu'il n'est pas mort de la morsure de l'autre chien.

– Mais de quoi alors ?

– Il y a eu une asphyxie, j'ai répondu. Mais de quelle origine, je ne peux le dire.

Elle a traduit pour le papé. Ils sont restés silencieux un instant et puis après quelques palabres dans leur langue, ils ont paru soulagés. Il n'y avait pas de mauvais esprit.

On est rentrés à la cuisine. Le papé a repris la parole, et je suis resté plusieurs minutes à observer une discussion familiale qui semblait de premier ordre. La jeune fille m'a resservi un verre de goutte. Mon patient se réveillait doucement et je continuais de le surveiller régulièrement. Après quelques instants, la discussion s'est arrêtée, et tout le monde s'est levé. La jeune fille s'est tournée vers moi.

– Ils vont aller au cimetière, il faut enterrer le chien près de la grand-mère. Leurs esprits doivent partir ensemble en voyage.

J'ai fait celui qui trouvait ça bien naturel. Je m'apprêtais à ranger mes affaires, mais le papé a encore dit quelques mots, que la jeune fille s'est empressée de me traduire.

– Il dit que vous pouvez rester si vous voulez.

Je devais avoir d'autres visites en attente, je n'avais pas beaucoup de temps.

– Si, si, elle a dit, ce serait bien, ce serait vraiment bien.

D'un coup, la pièce s'est vidée. Tout le monde est descendu au jardin, et on m'a invité à suivre le mouvement. Il y avait des murmures, encore des discussions. Et puis, au pied d'un arbre, la mère a enveloppé le petit corps dans sa couverture, tandis que les enfants s'amusaient à se courir après. Soudain, tout le monde s'est tu. Le papé a toussé un peu, a pris une inspiration, puis il a entrouvert la bouche. Et là, le jardin a comme changé de teinte. Il s'est rempli d'un son magnifique, d'une mélodie qui venait du papé, qui sortait de lui comme une vague, comme une caresse. C'était une mélodie ample et ronde qui réchauffait le jardin. Une flamme dansait dans ses yeux. Et toute la tribu fredonnait doucement, toute la famille animée d'une émotion quasiment joyeuse, de cette joie qui doit accompagner ceux qui partent pour un long voyage. Pendant quelques instants j'ai oublié le temps. Oublié ce que je faisais là. Je ne pensais à rien : ni à ce qui m'amenait ici, ni aux visites et à tout ce qui m'attendait. Je contemplais ces gens qui savaient arrêter le temps. Qui s'arrangeaient avec la mort, sans la séparer de la vie.

Le papé s'est interrompu. En silence, quelques hommes sont partis avec le corps, en direction du cimetière.

On est remontés. Il était près de 1 heure, les petites se sont endormies sur les matelas, et j'ai rangé mon matériel, après avoir jeté un dernier coup d'œil au husky qui dormait sous la table, dans le noir. On a repris une dernière goutte avec le papé et la jeune fille. Le papé continuait de s'inquiéter sur le sort de la grand-mère et la signification de la mort du chien.

Quand je suis sorti dans la rue, la vie était belle et le ciel étoilé. Le papé a longuement tenu ma main serrée dans la sienne. Il a dit quelques mots, mais la jeune fille n'était plus là pour traduire. Alors je lui ai répondu quelques mots à moi, et on s'est quittés.

Au bout de la rue, sous la lueur d'un réverbère, j'ai vu les hommes qui revenaient du cimetière. La nuit était parfaitement calme, on entendait des bruits de rien du tout, des bruits lointains, comme dans une campagne tranquille.

Histoire de Caramou

On n'est pas des chiens. On n'est pas fidèles. Pas obéissants. On fait ce qui nous plaît. Ce qu'on veut. On vit pour nous. On chasse pour nous. On se fout complètement des aveugles, des trafiquants, de la drogue ou des explosifs. On n'a pas de loi. Pas de morale. Pas de maître.

« Il n'y a pas de chat policier », disait Cocteau.

Alors inutile d'essayer de nous dresser, de nous corriger, de nous éduquer. On n'est pas faits pour ça.

On est des chats.

… LES CARNIVORES DOMESTIQUES

Terrorisés. Prostrés. Les bras lacérés, le visage griffé, ils m'attendaient tout tremblants. Coincés dans la cuisine. Il était près de 4 heures du matin, rue Mozart, dans le 16e arrondissement. Un jeune couple. Tous les deux se faisaient soigner par un médecin de nuit.

– Je le… je le reconnais pas, elle disait en bégayant, pourquoi ? C'était plus notre chat. C'est… c'est un…

Elle ne trouvait pas de mots. Lui, avec sa lèvre en sang, il ne disait rien. Traumatisé.

C'est un chat qui a fait ça ?

Ils dormaient paisiblement quand ça s'est produit. Sans doute un phénomène vasculaire près d'une zone cérébrale liée au comportement. Leur adorable minou s'est réveillé brutalement, transformé en un effrayant prédateur sanguinaire : il a d'abord sauté au visage du jeune homme et s'est acharné à l'attaquer malgré ses efforts pour le jeter loin de lui. Elle avait tenté de s'en mêler. Trop dangereux. C'est lui qui a fini par s'en débarrasser. Après bien des peines, terrorisés, ils avaient réussi à l'isoler dans la chambre. Ce n'était plus un chat. C'était un cauchemar. Ils n'auraient jamais imaginé que c'était possible. Ils n'en revenaient pas.

Mais voilà la nature : un chat, un gentil minou affectueux et tendre peut brutalement se réveiller en pleine nuit et agresser le premier venu, et même celle, celui, qui le comblait de caresses et de pâtés depuis des années. Redevenir un sauvage, une furie, ne reconnaître personne. Sans prévenir, sans un signe, rien. Et ce qui se passe dans la tête de ces chats dans ces moments-là, les plus grands spécialistes ne sont jamais allés le vérifier.

Le jeune homme est parti aux urgences car certaines plaies étaient assez profondes, et je me suis bientôt retrouvé seul avec la jeune femme, et « le tigre » qu'on entendait feuler dans la chambre. Mon travail m'attendait.

Muni d'un oreiller, d'une couette et d'une seringue d'anesthésique, je suis donc précautionneusement entré dans la chambre, et j'ai fermé derrière moi.

À nous deux, bête féroce…

L'animal se cachait. Je me suis avancé en silence et au bout de trois pas, j'ai soudain senti ses griffes sur mes mollets. Il avait jailli de derrière un fauteuil, où il se terrait, prêt à bondir. Tout à coup, face à moi, ce n'était pas un chat, pas un minou, j'avais une espèce de *gremlin*, une créature hérissée, une bête entre le tigre et le dragon. Une araignée capable de bondir d'un mur à l'autre. La furie a de nouveau attaqué, par surprise. Impressionné, j'ai reculé bien sûr, avant de reprendre progressivement l'ascendant. J'ai tourné autour une vingtaine de fois, tenté autant d'offensives. Il se terrait dans un coin, puis jaillissait sur un côté. Je le serrais, il s'extirpait en hurlant de la couette. Il bondissait sur mes mollets, je le projetais. En quelques minutes, nous avons mis la chambre sens dessus dessous.

La pièce était devenue une arène. Je scrutais l'animal hérissé, et je sentais que l'adrénaline était bien montée en moi. Mon corps était tendu, mon esprit concentré sur ma cible et j'étais excité, je dois le dire. J'avais une proie. J'étais animé d'une sorte de plaisir de combat. C'était devenu un face-à-face animal.

Après quinze minutes de tentatives et d'esquives, j'ai finalement profité d'un petit instant de fatigue de sa part : je l'ai bloqué derrière un meuble, dans un coin, avec l'oreiller et la couette, je lui ai enfoncé illico mon aiguille dans le corps, là où je pouvais, tout en injectant l'anesthésique. Quand je suis sorti de la chambre, j'ai réalisé qu'il avait lacéré mes mollets et mes bras, et que mon pantalon était tout aspergé de son urine. Je n'avais rien senti. J'avais beau connaître cette situation et ce stress, je tremblais comme une feuille.

Quelques minutes plus tard, le tigre étant bien endormi, nous avons ouvert la porte de la chambre. La jeune fille est entrée précautionneusement, derrière moi. Elle est restée à distance de lui, contemplant avec une sorte d'horreur et d'incrédulité son Caramou qui dormait sur la moquette.

C'était un jeune chat, mais il avait vécu à la campagne avant de venir en ville. La cause n'était pas seulement organique. Elle était environnementale et psychologique. C'était ma théorie et j'ai tenté de l'expliquer à la jeune femme : tant qu'il passerait la journée entre quatre murs, seul, sans rien pour le distraire, et sans pouvoir assouvir ses instincts, il récidiverait sans doute. La minute de folie des chats n'est que l'expression fruste de ce symptôme. Il lui fallait la nature, l'espace, un endroit où se lâcher.

La jeune femme ne le voyait pas comme ça. Elle n'était pas d'accord, pas du tout. Ils avaient toujours fait ce qu'il fallait. Et elle ne voyait pas comment quelqu'un s'en occuperait mieux qu'eux, même ailleurs. Non elle n'était pas d'accord. Il n'y avait pas à discuter. Elle a joint son mari qui était encore à l'hôpital. Lui non plus ne voulait pas prendre de décision hâtive. Ils pensaient qu'il y a toujours une petite chance, qu'avec la médecine, il n'y a pas de 100 %... Je n'ai pas insisté, et on a décidé d'essayer les tranquillisants, et de faire des examens.

Alors on a enfermé la bête dans sa boîte à chat, et j'ai établi une prescription. La jeune femme se détendait peu à peu (le médecin lui avait fait un petit Valium dans les fesses, à elle aussi). Comme son mari ne rentrait toujours pas, et que je n'avais pas d'autre appel, je me suis endormi dans le fauteuil du salon. Près d'une heure plus tard, quand je me suis réveillé, le Valium faisait son effet. La belle et la bête dormaient profondément, chacun à leur place. J'ai quitté l'appartement sans bruit et j'ai retrouvé Gabin qui dormait lui aussi, paisible, dans la voiture. Je n'ai pas pu m'empêcher de le sortir et de l'emmener se promener dans un parc à côté. Il faisait encore nuit noire, mais j'avais besoin de le voir s'ébrouer, galoper et jouir de sa « liberté ».

*

Ils ont fait tous les examens possibles. Radiographie, scanner, IRM, échographie, analyses de sang : rien. Le chat ne présentait aucune pathologie décelable par les moyens d'analyses existants.

La jeune femme, quant à elle, avait subi une forme de traumatisme, et elle a commencé à faire des insomnies. Elle se réveillait brutalement, parfois au milieu des tigres et des bêtes féroces. Elle avait dû recourir aux somnifères.

Quelques semaines plus tard, au milieu de la nuit, ils m'ont rappelé. Des bruits les avaient réveillés. Ils avaient trouvé leur minou en convulsions sur le carrelage de la cuisine. Quand je suis arrivé, la crise durait encore, violente. J'ai refait du Valium pour le calmer. C'était un accident vasculaire cérébral. Ils étaient assommés. Je n'ai d'abord rien dit. J'ai attendu. Et ce sont eux qui ont bientôt abordé l'idée de mettre fin à ses souffrances. Ils ont hésité longuement, mais ils avaient peur. Ils étaient fatigués. Finalement, c'était la moins mauvaise solution – j'étais bien de cet avis.

Caramou dormait sur la table de la cuisine. J'ai sorti le nécessaire pour passer à l'acte. Mais j'avais mon plan en tête : cette fois, c'était décidé, il n'y aurait pas de sacrifice… Ils l'ont embrassé une dernière fois dans son sommeil anesthésique. J'ai dit qu'ils n'étaient pas obligés d'assister à la deuxième injection, la piqûre définitive, que je pouvais faire ça ailleurs, et ils étaient d'accord.

J'ai donc emporté Caramou comme ça, endormi dans sa boîte à chat.

– Vous allez pas faire d'expérience avec, hein ? elle a demandé en essuyant une larme, tandis que j'attendais l'ascenseur.

J'ai posé la cage sur la banquette arrière, et je suis rentré chez moi. Gabin a dormi dans la pièce à côté, tandis que Caramou se réveillait tranquillement, sur la moquette de mon petit appartement.

Le lendemain matin, au réveil, Caramou était calme, et commençait déjà à explorer ce qu'il prenait pour son nouveau territoire. Il n'a pas compris lorsque je l'ai remis dans la cage, puis dans la voiture et lorsque nous sommes partis de Paris. Sur le siège passager, Gabin se tenait bien sage, et me regardait intrigué, semblant me demander si cette bête-là était un nouveau copain… Nous nous sommes arrêtés dans un village du Sud-Ouest parisien, dans la vallée de Chevreuse.

Dans son pavillon de Gif-sur-Yvette, Mme Lecorre, une Bretonne de Morlaix, occupait sa retraite à jardiner et aussi à nourrir quelques chats errants. Elle était en train de balayer son allée lorsqu'elle m'a vu sortir de la voiture avec la cage de mon rescapé.

– J'en veux pas, n'insistez pas, elle a dit d'emblée, avec un regard noir. Je vous avais dit que je n'en prenais plus.

– Oui, mais celui-là, c'est différent, madame Lecorre, je vais vous expliquer…

Quelques minutes plus tard, le tigre est sorti de sa cage, et il a vu le paysage magnifique qui s'étalait devant lui. C'était tout ce qu'il aimait. C'était un jardin. Un jardin plein d'arbres, d'écorces, de branches, d'oiseaux et d'insectes, un jardin plein de vent et de petits bruits de la vie. Caramou m'a jeté un regard intrigué, et puis il s'est élancé, d'un bond, vers son nouveau territoire. Il n'était pas le seul sur cette terre : il allait devoir partager avec une vingtaine de congénères.

Il n'a même pas pris le temps de se retourner pour dire merci. De toute façon, je le savais, les chats n'ont aucune éducation…

Histoire de Soudan

C'est quoi un animal de compagnie ?

Là-bas, dans le pays d'où je viens, il y a les animaux qui se mangent, il y a ceux que l'on fait travailler et puis il y a tous les autres : ceux des rues, des poubelles, et des bennes à ordures. Ceux de la nature, aussi. Ils sont là, ils n'ont pas de niche, pas de croquettes, pas de maison, pas de maître. Ils dorment par terre, mangent dans les détritus et boivent dans les flaques. Personne ici ne sait si ces animaux sont heureux ou malheureux. Personne ne se le demande. Personne n'aurait l'idée de prendre l'une de ces sales bêtes chez soi, car personne ne se dit qu'un de ces parasites pouilleux, puants et poisseux pourrait être une bonne compagnie…

Là-bas, il n'y a pas d'animal de compagnie. C'est donc ici, en pays occidental, que j'ai découvert le sens de ce concept. Car ici, ça n'a rien à voir.

Ici, les bêtes qui ne se mangent pas, ou qui ne travaillent pas, sont chargées d'une fonction sociale particulière : elles sont employées à servir de compagnie aux êtres humains.

Cette fonction originale s'accompagne de quelques contraintes tout aussi originales. Elles bénéficient par exemple d'une protection exceptionnelle : ainsi, pour être bien certain qu'il ne leur arrive rien, on les prive de leur liberté. Dans les villes occidentales, vous pourrez chercher, vous ne trouverez aucun animal en liberté. Il semble bien que tous aient un toit et un maître, et que tous ces animaux ne fassent jamais que rentrer ou sortir des appartements où les gens les tiennent confinés. Lorsque les êtres humains sortent avec leur animal de compagnie, il y a deux possibilités : les chiens sont attachés (en laisse), et les chats sont enfermés (en cage)... Les chats tanguent dans leur cage en jetant des regards éplorés vers l'extérieur, et les chiens, beaucoup plus heureux, marchent au bout de leur laisse et zigzaguent entre les panneaux et les jambes des autres gens.

Certains chiens se font lamentablement traîner, tandis que d'autres entraînent courageusement leur maître. Il faut dire qu'on trouve ici une variété infinie de chiens : certains sont aussi grands que des veaux, et d'autres si petits qu'ils peuvent tenir dans un sac à main. Certains sont couverts de poils soyeux et épais, à d'autres on a rasé le poil. Certains sont si fragiles qu'on les couvre de vêtements, de gilets ou de manteaux, sans lesquels ils ne pourraient sans doute survivre aux climats hostiles que l'on trouve ici.

En général, les chiens et les chats de ces régions remplissent leur fonction de compagnie avec un grand dévouement. Sans doute ont-ils totalement oublié leurs instincts et leur nature originels. Je pense pour ma part qu'ils ont peur de perdre leurs privilèges. Et qu'on a peu de chance de voir un chien ou un chat de compagnie finir en ragoût ou en rôti dans une assiette. Pour les chiens et les chats, c'est rassurant.

... LA BELLE MORT

La fin approchait. Un flacon de perfusion était accroché au-dessus du lit. Couché sur une couverture de soie pourpre, suffoquant, il semblait fixer le vide en attendant sa délivrance. C'était un vieillard de chien, tout émacié et cachectique, l'un de ces chiens de race indéterminée, venant de pays lointains, d'Afrique ou d'Asie, et qu'on appelle familièrement un « chien jaune ».

Nous étions dans un splendide appartement haussmannien près du Trocadéro. Une lumière tamisée éclairait faiblement le salon. Par l'immense baie vitrée, on apercevait la tour Eiffel et toute la rive gauche parisienne dans la nuit qui venait de tomber.

C'est elle qui m'avait reçu, collant noir et large châle en cachemire jaune sur les épaules. Une femme à l'allure quasiment hippie, avec ses colliers tressés et un foulard bariolé sur le crâne. Je l'avais suivie en silence jusqu'au salon orné de tableaux et paré de moulures dorées.

– Mon mari ne va pas tarder.

Elle s'exprimait en murmurant, avec un large sourire un peu forcé. Il était arrivé peu après, sec et élancé, dans sa tenue dominicale, pantalon en jean, chemise blanche et blazer. Nous nous sommes approchés du malade. Pour que je comprenne, il avait fallu qu'ils me racontent toute l'histoire. Ensemble.

– Il s'appelle Soudan, avait-elle commencé. Il vient de là-bas.

L'adoption, c'était il y a seize ans, lors de leur séjour à Khartoum. C'est elle qui l'a vu en premier. Un parmi tant d'autres. La peau sur les os. Le pauvre claudiquait dans les rues, sans doute avait-il percuté une de leurs poubelles ambulantes.

Était-ce parce qu'il boitait ? Elle avait craqué pour celui-là. Je n'ai pas su lui dire non, ajoute le mari, elle avait besoin de ce genre de compagnie, là-bas, dans ce pays qu'elle n'avait pas choisi. Il est chargé de mission pour l'ambassade des États-Unis, précise-t-il. Ils lui ont immédiatement trouvé son petit nom : *Soudan*. Ils ont ensuite trouvé un vétérinaire qui n'avait pratiquement jamais soigné de chien, mais il l'a guéri, vacciné et déparasité. Puis ils l'ont toiletté, et il a rapidement repris des kilos. Les années ont passé, et ils l'ont emmené avec eux dans tous leurs voyages.

L'ancien cul-terreux des bidonvilles d'un des pays les plus misérables de la planète a commencé à fouler le marbre et les tapis de Perse des plus belles ambassades. Ainsi a commencé une vie autour du monde, de soutes d'avions en appartements luxueux, de promenades quotidiennes en siestes moelleuses.

On ne saurait dire son âge, mais il est certainement très avancé. Et depuis un mois, m'explique-t-on, il a eu droit aux ultimes soins à domicile : injections, perfusion à domicile, morphine, chimio et viande hachée premier choix. Elle avait préféré s'en occuper elle-même, plutôt que de l'hospitaliser.

J'ai examiné la pauvre bête qui couinait faiblement et respirait dans un râle déchirant. Le regard vitreux du malheureux Soudan me faisait de la peine. Depuis un mois, l'ex-clochard voyait donc son agonie prolongée à cause de l'acharnement de sa bienfaitrice qui œuvrait sans doute à je ne sais quelle assistance à la souffrance du monde. Personne ne lui avait demandé son avis. Il avait tout pris sans s'étonner, sans faire le difficile. Il avait trouvé cette vie plutôt agréable. Mais ce jour-là, il devait se demander s'il ne payait pas le prix de tous ces privilèges. De ses yeux vitreux, il semblait demander la fin du supplice.

– Qu'attendez-vous de moi ? j'ai demandé après l'examen.

– La vérité, a dit la femme. Rien que la vérité.

Ce mot aurait dû me convenir, et pourtant je la sentais extrêmement tendue et fragile. Son mari était excessivement en recul, et leur façon de me présenter l'histoire de Soudan ne me semblait faite que pour raconter leur compassion, leur sainte et inattaquable compassion pour la misère du monde. Le terrain était délicat. J'ai donc été aussi précautionneux que possible pour bien souligner que la pauvre bête souffrait le martyr. Après maintes circonvolutions, j'ai laissé comprendre que je ne voyais plus ce que je pouvais faire. Et finalement, qu'il ne fallait plus attendre. Le mari s'est mis à déambuler nerveusement dans le salon, tandis qu'elle a étouffé un sanglot. Elle a balbutié :

– Dans ses yeux, on voit qu'il veut vivre encore. Il pleure, vous savez docteur. Ça pleure les animaux, n'est-ce pas docteur ?

Le mari m'a regardé furtivement pour apercevoir ma réaction.

– Ce n'est pas prouvé, j'ai répondu. On a parfois des impressions très humaines, mais les larmes ont des causes médicales.

Elle était déçue par ma réponse franche et un peu trop carrée, sans doute. Dans le douloureux silence qui s'installait, le mari a délicatement tenté d'intervenir :

– Peut-être que le plus raisonnable, c'est de l'aider à partir, comme le dit le docteur.

L'intervention du mari, je l'ai senti immédiatement, a eu l'effet inverse à celui escompté. La femme s'est ressaisie, comme piquée au vif :

– Il faut en être sûrs, avant de nous jeter sur cette solution. A-t-on fait tout ce qui pouvait être fait ?

– On ne se jette pas sur cette solution, mon amour, mais je pense qu'on a vraiment fait le maximum.

– Docteur, écoutez-moi : les avis scientifiques... c'est une chose. Mais moi je ne parle pas à la légère. J'ai été soi-disant condamnée moi aussi, aucun espoir, on ne me donnait pas trois mois, et je m'en suis sortie. C'est imprévisible. Alors pourquoi pas lui ?

– C'est différent, darling ! a rétorqué son mari.

– Je parle au docteur !

– My dear, on ne va pas encore revenir en arrière !

– Il est hors de question de l'euthanasier sans être sûr.

– Qu'est-ce qu'il te faut pour être sûre ?

– Et toi ? Tu crois tout savoir ? Et puis c'est toi qui a appelé le docteur, moi je ne voulais pas.

– Mais on était d'accord. Et tout est prêt, chérie !

Elle reste silencieuse. Il se domine, et reprend doucement :

– Tout est prêt, mon amour. Comme tu voulais. J'ai tout préparé, arrangé, planifié. C'est aujourd'hui, tu le sais.

– C'est absurde. Totalement absurde, ça ne sert à rien. À rien.

– Comment ça ?!

– Tu as raison, tu as tout préparé. Tu as raison, comme toujours, tu as toujours fait ce que je voulais. C'est n'importe quoi. Ce n'est pas moi qui…

– Pas toi ? Pas toi ?

Je le sentais, une insidieuse pression montait en lui.

– Attends, reprend-il, docteur, je vous explique le cas : nous avons fait le nécessaire. Après l'euthanasie, un caisson réfrigérant nous attend en bas, une place pour ce caisson est prévue dans un avion qui va partir demain matin au Soudan. J'ai obtenu les autorisations, c'est à titre exceptionnel bien sûr, on transportera son corps, à la demande de madame, parce que l'incinération ne convient pas à un animal, mais seulement aux humains, comme dit ma femme. Et on va l'enterrer à Khartoum, là où il est né. Ce n'est pas moi qui ai imaginé tout ce… machin, vous vous en doutez.

Il avait dû faire des efforts énormes pour accepter et organiser tout ça en ménageant la susceptibilité de sa femme.

– Tout ça est absurde, elle répète.

– Mais tout quoi !? dit-il au bord de l'explosion.

– Ce n'est pas moi qui ai voulu ça. Jamais. Comment as-tu pu croire ça ? Tu ne comprends vraiment rien.

Elle a lâché ces mots avec un calme et une espèce d'insolence déconcertante, des mots comme venus d'une autre femme. Il n'y a plus de tristesse, plus de douleur. Juste une envie de faire mal.

Alors, c'est comme si une violente bourrasque s'était engouffrée en lui et l'avait soulevé de terre. Tout a jailli de lui : Il ne comprenait pas ? Elle n'avait pas voulu ça ? Pas voulu ? Mais qu'est-ce qu'elle voulait ? Ce n'était pas lui qui avait voulu tout ça ! L'adopter, l'élever, l'emmener partout et, maintenant, le maintenir ainsi dans de telles souffrances, le regarder décliner, déchiré par la douleur. Se rendait-elle compte de son égoïsme ? Réalisait-elle qu'elle ne pensait qu'à elle ? À son petit nombril ? À son petit cœur fragile ? Elle le regardait à peine, haletait, suffoquait de tant d'effronterie. Et puis comme elle a mollement essayé de le contredire, il l'a coupée en montant le ton, la voix tremblante et il a continué sur la mort et sur l'enfermement qu'ils avaient infligé à leur bête, sur le choix égoïste de cette adoption, et la nature. À la place des animaux. Dans son pays à lui où il ne viendrait à l'idée de personne de pleurer la mort d'un chien ou d'un chat. Où il ne viendrait à l'idée de personne d'achever un animal, ni de le prolonger d'ailleurs. Personne n'irait l'enterrer dans un cimetière. Là-bas, il serait déjà mort dix fois. Au lieu de ça, ici, depuis un mois, il subissait une véritable torture !

C'était sorti.

Ensuite, ça a été comme une interminable minute de silence, où l'on entendait que le râle de la respiration de Soudan. J'attendais, impassible, mais nerveux.

Pas de réaction. Soudan nous regardait blasé et fatigué. Pourquoi ils te font ce coup-là, je me disais, pauvre vieux…

Finalement, elle est partie brutalement dans une pièce voisine. Face au mari décontenancé, j'ai haussé les épaules d'impuissance, et j'ai commencé à ranger mon matériel. Lui est resté encore un temps embarrassé avant d'aller timidement vers la chambre de sa femme, pour lui parler à travers la porte.

– Chérie… Qu'est-ce qu'on fait ?…

– …

– Que fait-on ? Tout est prêt, tu le sais.

– Je ne sais plus. Laisse-moi.

– On ne va pas tout laisser tomber ?

J'ai enfilé ma veste. Un dernier regard au mari désappointé et puis je me suis dirigé vers la sortie.

– Attendez docteur… (*vers sa femme*) Sweety ?

– Dites-moi quand vous aurez changé d'avis, j'ai répondu en fermant la porte, au revoir.

J'arrivais à ma voiture, quand il m'a rappelé par téléphone.

– Docteur, attendez, docteur ! Revenez… Oui, vous pouvez revenir. On va l'aider à partir.

Elle était là, presque tranquille, sur son lit. Le regard perdu dans la moquette, elle a juste dit, d'une voix monocorde :

– Comment ça se passe ?… Si on le fait…

Je me demandais ce qu'il avait bien pu lui dire. Nous sommes revenus au salon, tous les trois. J'ai regardé Soudan, j'ai sorti le flacon rouge de barbituriques et la grosse seringue, en pensant : maintenant, faut que ça se passe bien. Au moindre couinement, au moindre râle, au moindre spasme, elle va nous faire un pataquès. Elle s'est penchée vers lui.

– Vois comme il nous regarde, elle a dit.

Tout était prêt. « Sweety » m'a regardé du coin de l'œil. On a bien cru qu'elle reviendrait en arrière. Mais non. Elle n'a pas insisté, elle était résolue. Dernières caresses. Derniers mots. J'ai pris mon temps. J'ai trouvé facilement la veine et j'ai injecté lentement les barbituriques, Soudan s'est endormi, puis le cœur et la respiration se sont arrêtés dans une grande douceur, sans aucun soubresaut.

– C'est fini, j'ai dit.

– C'est déjà fini ? elle a demandé, il est mort, là ?

Ils le regardaient incrédules, n'osant le toucher. Ils n'en revenaient pas. Tous les deux étaient soulagés, chacun à leur façon. Un grand calme a suivi. Elle a effleuré l'encolure de Soudan. Puis il a serré longuement sa femme dans ses bras, sans un mot. Une page de dix-sept ans se tournait.

J'ai pris mille précautions pour emporter le corps roulé dans une couverture comme une pierre précieuse. Ils fixaient ce qui restait de Soudan avec un air hébété, ne sachant s'ils devaient me remercier. La femme a encore retenu ses larmes. Elle s'est effondrée en sanglots au moment de fermer la porte, tandis que l'ascenseur me redescendait sur la terre.

*

Quelques jours plus tard, j'ai reçu un petit mot de remerciement, sur une jolie carte postale avec des papillons et des fleurs pastel. Ils avaient reçu les cendres. Un petit mot disait que Soudan retrouverait quand même son pays. Qu'ils allaient faire un petit voyage là-bas pour enterrer ses cendres dans sa ville d'origine.

Il y avait même la photo de ce pauvre Soudan dans un coin de la lettre. J'ai eu l'impression qu'il me souriait.

Histoire de toi

Toi, je t'ai vu arriver : tu étais essoufflé, et tu n'avais pas bonne mine. Pressé, tu es entré, tu as défait tes affaires mécaniquement. Pressé.

Et puis, peu à peu, tout s'est ralenti. Tu as mis un peu de temps à comprendre. On ne t'avait jamais appelé pour ça. Pour un motif aussi simple, et déroutant. Si tu avais vu ta tête… La situation s'est comme inversée, pourrait-on dire, naturellement. Et tu es resté là, à accepter, sans résister.

Tu en avais vu pas mal. Mais celle-là on ne te l'avait jamais faite.

… LITTLE BIG MAN

« La porte au fond du couloir », avait dit M. Thien au téléphone, qui appelait pour son chien, un berger de 19 ans. Une adresse dans le quartier chinois, sous le toit du ciel, au vingt-septième et dernier étage d'une tour du 13e. Un couloir sans lumière, et au bout une porte entrouverte.

C'était un début de soirée. Dans la pénombre de la pièce, je n'ai d'abord rien discerné, rien qu'une sorte de jungle. L'ombre d'une végétation touffue qui couvrait tout du sol au plafond. Il y avait une lumière rouge de soleil couchant qui éclairait à peine le studio. Deux prunelles scintillantes perçaient la pénombre. J'ai posé ma mallette, et j'ai commencé comme d'habitude :

– Qu'est-ce qui se passe ? Dites-moi…

La silhouette du vieil homme restait immobile. Il gardait le silence. Un silence calme, un silence de clairière. J'ai attendu quelques secondes. Mes pupilles se sont adaptées à la pénombre. J'avais l'impression qu'il n'allait jamais parler, qu'il n'allait pas bouger un cil. C'était un vieux monsieur, très mince, vêtu sobrement d'un habit de toile sombre. Son visage était éclairé d'un léger sourire, un peu énigmatique et ses yeux semblaient rire. Il s'est enfin décidé à parler.

– Je voudrais savoir comment il va.

Il a simplement dit ça. Comme une évidence, ou une explication. Il ne voulait pas savoir ce qu'il avait, il voulait savoir s'il avait quelque chose. J'ai senti qu'il n'en dirait pas plus. Que cela devait me suffire.

« Comment il va » ?

J'ai donc commencé l'examen. Du museau au bout de la queue. J'ai palpé, manipulé, scruté, écouté, senti. J'ai fait le tour et je n'ai rien trouvé : il n'avait rien, ou rien de notable, si ce n'était qu'il était très âgé. C'était juste un très vieux chien.

– Tant mieux, a dit M. Thien.

Il n'avait pas l'air étonné du tout.

– Mais il n'y a rien à lui donner ?

Je suis resté interloqué. Il aurait été déplacé de faire semblant, de donner quelque chose pour la forme, comme je fais parfois. Non, rien à donner. Là, il a paru un peu plus perplexe. Cela ne semblait pas le satisfaire. Je suis resté silencieux, en caressant son vieux chien paisible. Le soleil commençait à se cacher derrière les tours. Parfois, sans qu'on sache pourquoi, on sent qu'il ne faut rien faire, rien dire. Comme pour ne rien bouleverser de l'ordre naturel des choses, ou de l'univers des gens. On sent qu'il faut juste faire attention à ce qui se passe, pour ne rien déranger.

Il a sorti un grand portefeuille noir, et je suis passé au lavabo pour me laver les mains.

Ce sont les médailles accrochées au mur, à côté du petit miroir, qui ont retenu mon attention. Des médailles discrètes, sur la tapisserie jaunie. Il y avait marqué « Dien Bien Phu – 1954 », avec son nom et une petite phrase d'hommage. Il y en avait aussi des années quarante avec des inscriptions dans une autre langue. Ça ressemblait à des pièces de musée, des reliques tout droit surgies de l'histoire – tout comme cet homme d'ailleurs. Diên Biên Phu, ce n'était pas si vieux, mais tellement lointain dans mon imaginaire. Pour moi, c'était un événement de livres d'histoire, au même titre que 1914-1918. Un événement en noir et blanc. Mais M. Thien était un héros en couleur, en chair et en os. Il m'était difficile de lui donner un âge. Il me faisait penser à ce vieil Indien de cent vingt ans qui racontait sa vie dans le film *Little Big Man.*

Je contemplais toutes ces médailles, tandis qu'il défroissait des billets avec application, pour me régler, sans empressement.

– J'ai combattu du côté viet, avec mes frères, il a dit, comme s'il avait lu dans mes pensées. Mais de toute façon, j'avais des frères des deux côtés…

Le faire parler n'était pas chose facile. Il m'a confié quelques bribes de ces moments-là, de cette bataille d'un autre âge. Oui, il aurait pu mourir. Plusieurs fois. Il répondait modestement à mes questions. Son voyage sur une coque de noix pour venir en Europe. Il parlait de toute son histoire avec un parfait détachement, mais sans indifférence. Il me faisait l'effet d'un sage – une sorte de sage bouddhiste, tellement léger et tellement présent.

Il m'a également expliqué qu'il n'avait pas de nationalité. Pas de papiers. Depuis plus de quinze ans, il habitait cette chambre envahie par cette drôle de végétation. Une chambre oubliée des HLM de Paris, non référencée, une sorte de squat quoi. Il n'avait donc pas d'adresse non plus. Aucun mot sur une éventuelle famille. C'était comme s'il n'existait pas.

– Et maintenant ? J'ai demandé, que faites-vous ici ?

Il a tourné la tête pour désigner la végétation qui l'entourait.

– Vous savez tout ce que l'on peut faire avec ça…?

Cette reconstitution de jungle, assez bien ordonnée malgré tout, cela me semblait un truc un peu enfantin, comme s'il penchait vers sa lointaine jeunesse.

– Et qu'est-ce que vous faites avec tout ça ? j'ai demandé.

Il a regardé ma mallette et m'a dévisagé.

– Comme vous, il a répondu avec son petit sourire malicieux. C'est une autre façon de vivre, et de soigner… Approchez-vous.

Alors il a pris ma main, posé le pouce à l'endroit de mon pouls.

– Chez nous, a-t-il dit, le médecin passe quand tout va bien. On n'attend pas d'être malade pour appeler, car alors c'est trop tard.

Et puis il a fermé les yeux. Il a déplacé légèrement son pouce sans rien dire. Bizarrement, je me suis senti faiblir.

– Votre cœur est fatigué, il a dit. Il supporte beaucoup… Trop !

Puis après un temps :

– … Le reste n'est pas mieux : le foie est en surcharge et les reins font ce qu'ils peuvent… Vous travaillez la nuit, vous dormez peu, n'est-ce pas ?… Vous ne mangez pas bien ? Faites attention. Le repos, il n'y a rien de plus important pour vous, croyez-moi.

Il avait raison : ma santé était le cadet de mes soucis. Je ne voyais jamais le jour, et je ne m'arrêtais jamais. Je devais avoir une mine cadavérique. Il a encore ajouté :

– Vous avez la même fragilité que tous les êtres vivants, ne l'oubliez pas.

Il s'est retourné, a pris des feuilles pilées dans un pot, et dans un autre quelques bouts d'écorces et me les a donnés en m'expliquant combien, comment et quand je devais prendre ça.

– Inutile de les prendre si vous n'avez pas l'intention de vous reposer…

Il s'est levé et m'a raccompagné. Je suis sorti de sa jungle botanique, dans une main ma mallette, dans l'autre ses potions. Sans un mot de plus.

Il n'y avait rien à ajouter.

Table

RÉALISATION : IGS-CHARENTE-PHOTOGRAVURE À L'ISLE-D'ESPAGNAC

CPI BUSSIÈRE

Cet ouvrage a été imprimé en France par
CPI Bussière
à Saint-Amand-Montrond (Cher)
en septembre 2013.
N° d'édition : 109102-2. - N° d'impression : 2004887.
Dépôt légal : novembre 2012.